美少年探偵団

きみだけに光かがやく暗黒星

西尾維新

講談社
タイガ

Illustration キナコ　Cover Design Veia

袋《ふくろ》井《い》満《みちる》
指《ゆび》輪《わ》創《そう》作《さく》
足《あし》利《かが》飆《ひょう》太《た》
美《び》少《しょう》年《ねん》探《たん》偵《てい》団《だん》

美少年探偵団

きみだけに光かがやく暗黒星

美少年探偵団団則

1、美しくあること
2、少年であること
3、探偵であること

0　まえがき

きみの意見には反対だが、しかしきみが意見を述べる権利は死んでも守る——フランスの思想家、ヴォルテールの言葉だが、さすがは歴史に名を残す巨人である、思えばこれほど非の打ちどころのない、意見の潰《つぶ》しかたも珍しい。はっきりと反対を表明した上で、意見を戦わせることは一切しない、議論のテーブルにつくつもりはまったくないと宣言するのだから、生かさず殺さずとはまさにこのこと。『怒ってないから』と言って謝らせてくれない、クラスの優等生を想起させる。

わたしの意見も、そんな風に潰された。

否、意見ではなく、あれは夢と言うべきか。

だからこれは、わたし、瞳島眉美《どうじままゆみ》が夢を諦《あきら》めるまでの物語だ。幼少期からほのかに、だけど心強く抱いていた『大きくなったら』を、中学二年生に至ってすっぱり後腐れなく諦めると言えばありふれた出来事だし、そんなしみったれた話は聞きたくないかもしれないけれど、しかし、あの少年ならば——あの美少年ならば、きっとこう言うのだろう。

「夢を追うことは美しい。だが、夢を諦めることも、また同様に美しい」

ただし、自ら諦めた場合に限るがね。

まったくあの美少年、言うことだけは格好いいのだ。

果たして——わたしはどうだっただろう。

子供っぽいわたしの夢に、自ら引導を渡したのか、それともやはりわたしの夢は、周囲の圧力に負けて潰されただけなのか。

それをこれから考えたいと思う。

最後になったが、ヴォルテールの完全なる名言に、若輩の身で不遜《ふそん》ながら、ひとつだけ注意書きを添えておこう。

人は、死んだら何も守れない。

1　美少年探偵団のこと

美少年探偵団といういかがわしい名称の団体が、わたしの在学する私立指輪《ゆびわ》学園中等部において、なにやら秘密裏に活動しているらしいことは、そりゃあぼんやりとは知っていたけれども、幸運にもこれまで、わたしはそんな怪しげな連中に関わることなく、学校生活を送っていた。

校内のトラブル全般を解決する、非公式非公開非営利の自治組織を謳《うた》っているものの、しかしその実、校内のトラブルの、ほとんどすべての元凶であると言われる彼らは、事実上、全校生徒からの鼻つまみ者だ（一部支持者を除く）。

もっとも、『大雀蜂事件《おおすずめばち》』や『増殖教室事件』など、美少年探偵団に関してはさまざまな噂《うわさ》がまことしやかに語られているだけで、その実体は杳《よう》として知れない。具体的な活動内容どころか、その構成メンバーさえあやふやなのだ。

誰もが好き勝手に言うものの、それらは全部、『友達の友達』から聞いた都市伝説みたいなものであり、いざ実際に、直接彼らと関わった生徒の話を聞こうとすると、皆一様に口をつぐむ。じかにメンバーと会っているであろう、肝心の依頼人でさえ、何も語ろうとしないのだ。

なんでも、守秘義務がある——とか。

いやいやいやいやいや。

不覚にも笑ってしまいそうになる。依頼人のほうに守秘義務が課される探偵団とは、一体全体、何体なのだ。正体不明過ぎる。結局、そのあたりが彼らの怪しさを増大させているとも言えるのだが、いよいよわたしの幸運も尽き、いざ不幸にも彼らと関わってしまってみると、なるほど、無言を貫《つらぬ》く依頼人達の気持ちもわかろうというものだった。

馬鹿馬鹿しくて、話したくもない。

現実味も真実味もない話をして、嘘《うそ》つきと思われるのは誰だってごめんだ——だけどわたしは、虚言癖《きょげんへき》を疑われるのを覚悟の上で、彼らのことを語ろうと思う。

彼らにまつわる心ない、あらぬ誤解を解きたいから——なんて、殊勝《しゅしょう》な理由ではない。誹謗《ひぼう》中傷にも似たあれらの噂が、それでもぜんぜん足りていないという確固たる事実を、広く世に示したいからこそ、告発の意味を込めて、語ろうと思う。わたしの場合は、現状、既にその守秘義務からは解放されているから、おおっぴらに語れる。

美少年探偵団。

あの愚かしくも美しい、そして美しい、五人の美少年について。

2 四人の長ともうひとり

連れて来られたのは美術室だった。

どこの中学校にでもある、あの美術室だ。

もっとも、わたしの通う私立指輪学園中等部の課程からは、芸術系の授業が廃除されて久しく、音楽室や技術室、家庭科室や調理実習室と同様に、その美術室は空き教室と同じような扱いになっていた。

わたしも一年以上、この中学校で粛々と勉学に勤《いそ》しんでいるけれども、美術室を訪れるのは、これが初めての機会だった。

だから知らなかった。

空き教室になっているのをいいことに、放課後、そこを勝手に使っている生徒達がいるだなんて。

いや、『勝手に使っている』では、いささか言葉が弱い。ここはもっとはっきりと、『彼らは美術室を乗っ取っている』と言うべきだろう。

そう言うしかない、一歩足を踏み入れた、美術室の好き放題な内装を見れば。

無骨な板張りだったはずの床には見るからに豪奢《ごうしゃ》な、思わず靴を脱ぎたくなるほど毛足の長い絨毯《じゅうたん》が敷かれ、本来は蛍光灯が備え付けられていたであろう天井には、シャンデリアがふたつもぶら下げられていた。

画一的なデザインの机や味気ない椅子はすべて撤去され、代わりに海外から直輸入したかのような、格調高い重厚なテーブルと、腰を下ろせば身体ごと沈んでしまいそうな、ふかふかのソファが設置されている――複雑な刺繍《ししゅう》の入ったテーブルクロスは、まるで花嫁のかぶるヴェールのごときデザインだった。

巨大な花瓶《かびん》に活《い》けられた花は、人の手が入っているとは思えないほど自然な、しかし人でなければなせない業《わざ》で、周囲の空気を彩《いろど》っていた。

張り替えられた壁紙の上には、授業を受けていないゆえにその方面に決して明るくないわたしでも知っているような名画が所狭しと飾られているし、間違ってもデッサン用の石膏《せっこう》像ではない数々の彫像が四隅に、さながら教室の守護神のごとく佇《たたず》んでいる。

後ろのほうにある幅広の水屋には、古色溢《あふ》れる陶器や銀製の食器類が、洋の東西を問わずずらりと並べられていて、それがまったく下品ではなく、調和していた。

黒板の隣に埋め込まれた書棚には、図書室にはおよそ置かれるべくもない稀覯《きこう》本ばかりが陳列されている――古書店でも、ガラスケースの中でしかお目にかかれないような逸品《いっぴん》ばかりだ。

時計さえも他の教室のそれとは足並みを揃《そろ》えておらず、あるのは、あの有名な唱歌で歌われていたのはまさしくこの時計なのではないかと推察される、重厚なグランドファーザークロックだった。

信じられないことに、室内には天蓋《てんがい》つきのベッドまで置かれていて、そちらも一目で歴史のある骨董《こっとう》品だとわかるものだ。とても落ち着いて寝られるとは思えないが、ベッドメイキングも、映画に登場する一流ホテルのように完璧である。

美術室と言うより、美術館。

そんな印象を持たざるを得ない。

人外魔境とさえ言いたくなる、こうも異様な空間が、自分の通っている学校の中に普通にあったという現実に、わたしは絶句して、固まってしまった。

いや、固まってしまったのは、校内施設にこんな違法改築を施しておきながら悪びれも恥じらいもせず、しかも周囲の華美で過美な調度装飾にまったく臆することなく、むしろこれこそが、ここそがまさしく自分の居場所だと言わんばかりにくつろいでいた、四人の男子生徒からの視線を、一身に浴びたせいかもしれない。

四人の男子生徒。

事実彼らは、この美術室にとてもよくなじんでいた――わたしが肌で感じたような居心地の悪さなど、彼らには生涯無縁だろう。

そんな風にしばし固まっていると、

「ああん？　なんだよなんだよ。今回は随分と、墨汁みたいに暗そうな女を連れてきたんだな」

彫像の前にぶっきらぼうに立っていた男子から、歓迎の言葉とするにはあんまりな罵声《ばせい》を、いきなり浴びせられた。比喩《ひゆ》まで使ってわたしの暗さを表現されるとは。

「ニュースサイトで『遺憾』って言葉を検索して、今、世界ではどれくらいの頻度で遺憾の意が表明されているのかを調べて、一人にやついていそうな暗さだぜ」

比喩が具体的過ぎる。

誰がするか、そんなこと。

そう思ったが、しかし口に出しては反論できなかった。わたしでなくとも、彼に対して反論できる生徒なんて、この中学校には数えるほどしかいないだろう。教師だっていないかもしれない。

彼はわたしを知らないようだが、わたしは彼を知っていた——二年A組、袋井満《ふくろいみちる》。そうして彫像と隣り合っていても遜色のない、すらりとした体つきの彼は、校外にまでその名を轟《とどろ》かす、有名な不良生徒だった。

番長などと呼ばれている。

その古くさい言いかたが、しかし不思議と似つかわしい、とても危うげな雰囲気を持つ男子生徒で、その切れ長の目で睨《にら》まれただけで、逃げ出したくなるような強面《こわもて》である。

実際、彼の名前を聞いたら、怯《おび》えて泣き出してしまった女子もいるくらいだ。

指輪学園中等部における『絶対に関わってはいけない生徒ランキング』の、文句なくダントツのトップ——まさかこんな形で関わってしまうことになるとは思わなかったが、なるほど、噂にたがわぬ嫌な奴《やつ》らしい。

ただ、違和感があると言うか、嫌な奴と断じて終わるには不思議なことに、普段、廊下で見かける彼と違って、この美術室の中にいる彼は、崩した学生服の上にエプロンを着用していて、頭には三角巾を巻いていた。

薄笑いを浮かべて、わたしに悪態《あくたい》をつきつつも、手には布巾《ふきん》を持っている——彫像の近くに立っていたのは、もしかして、それを磨《みが》いていたのだろうか？

なにぶん強面なので、エプロンも三角巾も、不似合いなことこの上ないのだが、それを笑うに笑えない、突っ込みにくい雰囲気がある。

しかしそんな何とも言えない雰囲気も何のその、

「これこれ、ミチルくん。初対面の女性にそんな失礼極まりないことを言うものではありませんよ。そんなきみに対して、私が遺憾の意を表明しますよ。ほら見たことですか、また一層、世界が遺憾になってしまいました」

なんて、いかにも小粋《こいき》な感じに不良生徒を窘《たしな》める声があった——その声のあまりの柔らかさにつられて、わたしはそちらを向く。そして『あっ』と思う。

壇上でスピーチをしているときとは違って、長い髪を後ろでくくっていたので不覚にも今までわからなかったが、ひとたび気付いてしまえば瞭然だった——心地のよいその声を、指輪学園の生徒が聞き違えるはずもない。

ソファで優雅に紅茶を嗜《たしな》んでいたのは、我が校の生徒会長・咲口長広《さきぐちながひろ》その人だった。しかもただの生徒会長ではない、三年度連続の生徒会長だ——入学直後の、新入生代表のスピーチで、選挙を待つまでもなく当選が決定したというほどの、演説の名手。

プロの声優もかくやというような、聴衆の心をつかむ魅力的な声を知らない者は、少なくとも女子の中には一人もいない。

なぜそんな先輩が、ここに？

番長と呼ばれる問題児の袋井満と優等生の代表とも言える生徒会長の咲口長広が、こうして同じ空間にいるという事実に、わたしは驚きを禁じ得ない。しかも、『ミチルくん』だなんて、親しげに……。

政治的に、話し合いの余地もないほどに対立していると言われる一触即発の、表のトップと裏のトップのはずなのに……、しかし、言われた袋井くんはと言えば、

「はっ。俺の淹《い》れた紅茶を飲みながら、俺に文句を言うんじゃねえよ」

と、軽く肩を竦《すく》めただけだった。

一触即発の空気なんて全然なかった。

しかも、紅茶を淹れた？　番長が？

「ふふっ。まあまあ。おいしいんですよ、ミチルくんの淹れた紅茶は」

「けっ。そんな当たり前のことを言うなんてお前にはがっかりだぜ、ナガヒロ。『なお、この決定には法的拘束力はない』って一文くらい、がっかりだぜ」

袋井くんの発言が、意外と風刺的なのはともかくとして、なんなのだろう、この表と裏の、牧歌的なやりとりは。どういうことなのか、わたしがわけもわからず啞然としていると、更にそんな袋井くんに向けて、

「そうだよそうだよー、ミチルちゃん。可愛《かわい》い女の子じゃん。こんなカワイコちゃんをつかまえて暗そうなんて何言ってんの。一緒に暮らそうって、出会い頭にプロポーズしたの

かと思っちゃったよ。よく見なよ、墨汁どころか、さながら菱川師宣《ひしかわもろのぶ》じゃん。ねー?」

と、更に気安い台詞《せりふ》が飛んだ。

気安いと言うより、軽薄だった。

他校でも恐れられる袋井くんを『ミチルちゃん』呼ばわりはともかく、わたしみたいな暗い女子をつかまえて『カワイコちゃん』って。

フォローしてくれたように聞こえて、さらっと春画と並べられた気もするが、しかしそれはともかく、不調法にもテーブルの上に寝そべるようにくつろいでいた彼から、『ねー?』なんて親しげに、そんな風に言われても、まったくもって嬉《うれ》しくなかった。

なぜなら、一年A組足利飆太《あしかがひょうた》。

彼よりも『可愛い』女子など、校内には、いやおそらく市内にも、ひょっとすると県内にさえ、存在しないからだ。整った顔立ちは天使のようどころか、天使を取りまとめる天使長のようで、つんつんに跳ねた量の多い髪の毛も、ばっちりお洒落《しゃれ》に完成している。ゆえに何を言われてもパンチの利いた皮肉にしか聞こえない。

否、キックの利いた皮肉と言うべきか。

不良生徒の袋井くんよりも大胆に改造された学生服は、ほとんどショートパンツのような有様で、一年生にして陸上部のエースを任されるそのレイヨウのような足が、惜しげなくむき出しにされてた。

今年、彼がそんな姿で入学してきて以来、それを見た女子が全員、スカートを短くするのをやめ、黒ストを履くようになったという、これぞ伝説の生足である。

さすがに大袈裟《おおげさ》な物言いだろうとたかをくくっていたけれど、こうして実際にその生足を目の当たりにすると、それもあながち流言飛語でもないのかもしれない。

私も黒スト履いてるしね。

「二年の瞳島ちゃんだよねー。瞳島眉美ちゃんー。ボク、飆太ー。よっろしくー。あとでライン教えてねー」

生足くんは、親しげと言うより馴《な》れ馴れしかった。なぜか、わたしの名前を知っていたようだけれど、しかし、先輩と把握した上で、へらへらとちゃん付けとは。

ある意味、袋井くんよりも失礼過ぎて、うまく言葉が出てこない。陸上部の一年生エースは距離感を詰めるのも速いとでも、そんな風に理解すればいいのだろうか。

ラインを求められても、わたし、スマホ持ってないし。

元々、墨汁のように暗いという指摘も間違いではないくらい、コミュニケーション能力の低いわたしである。美術室入室わずか一分のここまでで、既に対人関係の許容量はいっぱいいっぱい、このテンパった状態にあと一言でも重ねられたらヒステリーを起こしかねなかったけれど、幸いにも、美術室内にいた四人の最後のひとりは、わたしについて、何も言わなかった。

言わなかったと言うか、最初にかろうじて一瞥《いちべつ》したあとは、もうこちらを見てもいなかった。

唯一、彼だけはこの美術室において、意義的に正しい活動をしていた——美術室の隅《すみ》っこで、イーゼルに立てかけたカンバスに、筆を走らせていたのだ。

彼の無言によって、わたしの精神状態はすんでのところで救われたわけだ——ただ、無視というのも、それはそれできつい。

しかもそれを、他ならぬ彼にされるとなれば、尚更《なおさら》だった。

恐れ多くて、もちろん直接の関わりはないが、しかし彼は、生徒会長よりも番長よりも、天使長よりも、名高い生徒だった。

それはそうである。

一年A組、指輪創作《ゆびわそうさく》。

その苗字からもわかるように、本校の経営母体である、指輪財団の後継者だ——いや、現在の指輪財団はほとんど、中学生である彼の才覚によって運営されている。弱冠十二歳にして、彼は指輪財団の、事実上の理事長であると言ってもいい。

一言で言えば、金と権力を持った天才児だ。

最悪である。最悪のトライアングルである。

両手に花どころか全身が花——ゆえに彼に嫌われれば、おしまいだ。

ただおしまいなのではなく、破滅なのだ。

指輪学園中等部に籍を置く生徒がもっとも遵守しなければならない最上級の憲法は、『彼の影を踏まない』である。

ゆえに、こんな風に無視をされると、何か気に障《さわ》ることでもしたかしらんと、過度に不安にさせられる——とは言え、実際これは、過剰反応ではあるだろう。

彼が自分以外の生徒を無視するのは今に限ったことではなく、下々の者など目に入らないとばかりに、指輪くんは、誰のことも見ないし、誰に対しても何も言わない。

無視と無口の、絶対零度男子なのだ。

ただ、それだけに、誰ともつるまないはずの彼が、一人で閥をなせるがゆえにどんな派閥にも属さないはずの彼が、この美術室で、いやどこででもだが、誰かと一緒にいるという図は、異質にもほどがあるものだった。

まあ、彼がいるのならば、彼の莫大な資産が後ろ盾ならば、この美術室の異常なまでに過剰な装飾はすとんと腑《ふ》に落ちるものではあるのだけれども——しかし、そこで一緒にいる相手が、札付きの不良、学校始まって以来の優等生、お姫様扱いの校内アイドルと来ているのだから、ひょっとしてわたしは幻覚でも見ているのかと、自分の正気を疑いたくなった。

そこまでわたしは追い詰められていたのか。

あるいはわたしはあのとき屋上から落下していて——死の間際の走馬灯みたいなものでも目の当たりにしているのか。

この個性あふれる四人が、同じグループに属しているというだけで卒倒しかねないくらいの驚きなのに、それがこともあろうに、名高き、もとい、悪名高き美少年探偵団だなんて——しかしながら、一方でわたしは、どこかであっさり、納得する気持ちもあった。

なるほど、確かに。

まさしく、美少年探偵団。

どんな思い上がったナルシスト達が、そんな上がるところまで思い上がった傲慢《ごうまん》な看板をかかげているのかと、どこか冷笑的に思っていたけれども、嫌味なくらい、その誇大な名称がふさわしい四人だった。

他の生徒が言うのなら馬鹿にしようもあるけれど、この四人がそう名乗るのであれば、文句のつけようがあるまい。単に浮わっつらの見た目について言っているのではなく、風格という視点から見て、何も言えない。

だからこそ、ますますわからない。

どうして彼らが、そんな活動を？

校内の、あらゆるトラブルの元凶とまで言われる美少年探偵団に、何が彼らを所属させているのか——

「まあ、団長が直々《じきじき》に連れてきた依頼人なら、言うことはねーよ」

袋井くんがそんな風に、わたしに対する不満を、自ら取り下げた。

「ええ、そうですね。まずは団長の動議を聞きましょうか」

「いえー。団長団長ー」

そんな彼に、咲口先輩と生足くんも追随する——寡黙な指輪くんは、ここでも何も発言しなかったけれど、しかし筆を止めて、今度は身体ごとこちらを向いた。

先ほどわたしに向けられた視線とは明らかに違う、『一目置く』それらの視線の集中を受けて、

「あーはっはっは！」

と、呆然《ぼうぜん》と立ち尽くすのみのわたしの隣で、わたしをこの美術室にまで連れてきた張本人は、高らかに笑った。そしてわたしの手を、勝手に握ってきた——ハグくらい熱烈な握手だった。

「それでは改めてよろしくと言わせてもらおう、瞳島眉美くん！　僕こそが美少年探偵団の美しき団長、双頭院学《そうとういんまなぶ》だ！」

番長と生徒会長と天使長と理事長を従える団長は——そう名乗った。

それは初めて聞く名前で、初めて見る生徒で。

わたしの知らない、美少年だった。

3　間違い探し

わたしは校舎の屋上で、夜、星を見るのが好きだ。

この構文にはふたつの間違いが含まれている。なんだと思う？

ひとつは、とても簡単な、初歩的な時制のミス――『好きだ』ではなく、『好きだった』と書くべきなのだ。

これからそうなる。

明日、十月十日、十四歳の誕生日を境に、わたしはもう、こうして夜空を見上げることは、金輪際なくなるのだから。

今夜は、最後の夜なのだった。

もうひとつの間違い、こちらは少しわかりにくい――と言うより、そちらの間違いは、わたしにしかわからない間違いだ。わたしだけが、その誤謬《ごびゅう》を知っている。

だけど、それもどうなんだろうと思う。

わたしにしかわからない間違いというのは、それ自体が間違っているというより、ただ単にわたしが間違っているというだけのことではないのか。

足かけ十年、間違い続けてきた。

確信的にミスをして、自負をもって失敗してきた。

その滑稽《こっけい》なコントも、しかしもう終わる。

遊びは中学二年生まで。

それがわたしの『ご両親』との約束だった。なんとかその約束を拡大解釈して、二年生になって以降も、十四歳になるまではと粘《ねば》ってみたけれど、そんな足掻《あが》きも無駄だったらしい。

無駄な努力。この上なく凹《へこ》む。

やらずに後悔するよりも、やって後悔するほうがいい——詠《よ》み人知らずの名言ではあるけれど、しかし、心打たれるこの言葉を考えた人はひょっとすると徹夜明けだったのだろうか、大事な視点が抜けている。

やらなかったからといって後悔することは、そんなにない。

否、人はやらなかったときこそ、達成感を得るものだ。

むしろ、『やればよかったよねー』と言うとき、人はどこか、嬉しげでさえある。『やっていればできたかも』という気持ちは、普通に考えて、後悔ではなく、希望である。

後悔するのは、いつだってやってしまった者なのだ——貴重な少女時代を、十年も棒に振ってしまったらしいわたしの後悔を、『いい』だなんて、そんな簡単に肯定しないで欲しいものだ。

後悔は、おしなべて『悪い』に決まっているだろう。

まさかわたしの人生が無駄だったなんて。

信じられない、なんて間抜けだ。

ついでに言うなら、何かをやった時間というのは、同時に、他の何かをやらなかった時間でもある——そういう意味では、何かをやらかしてしまった後悔は、何もできなかった後悔と、同義なのかもしれない。

この十年、もしも夢を追っていなければ、どれだけのことができただろう。

そう思うと——破滅のごとくだ。

いや、そう思ったところで、わたしごときに何ができたか、思いつかないのだけれど。

それでも一縷《いちる》の望みをかけ、往生際悪く、こうして今夜もまた、夜の校舎の屋上に足を運んでみたのだが、そんなドラマチックなことはなかった——最後に笑う者はもっともよく笑う、と言う。ならば最後に泣く者は、もっともよく泣くのだろう。

こういうときに泣けるような、可愛げのある女の子だったらよかったのに、と思う——結局そんな女の子にはなれないまま、ろくに少女でもないまま、わたしは大人になってしまうのかと、絶望的に思いつつ、わたしは屋上のフェンスにもたれかかり、「はーあ……」と、ため息をついた。

「探し物かね？」

「うひゃあっ！」

くずおれるようにフェンスに体重を預けた、まさしくそのタイミングで後ろから声をかけられ、わたしの背筋は、悲鳴と共にぴんと伸びた。そんな自由のきかない中途半端な姿勢で、無理に振り向いてしまったものだから、足が絡まってしまい、ぐらりと崩れそうになる。

あ。

やばい。

と、思う——そもそもが立ち入り禁止の屋上なので、フェンスもそんなに高くない。そのフェンスを支点に、自分の身体が浮いているのを感じる。地に足が着いていない。エレベーターに乗っているときのようなこの浮遊感——落下する？

い、い、い、い、い、い、
どっちに？　こっち側に？　あっち側に？

おいおい、そういう意味で、今夜が最後の夜になってしまうのか？　待って待って、嘘でしょ。夢破れて、若い身空で自殺したと思われてしまう、超ダサい。

顔が真上を向いて、満天の星が視界に入ってくる——皮肉にも、今夜は雲一つないいい夜で、人生の最後に見る光景としては、それはあながち、悪くないものではあった。

美しい。

だけど、やっぱり。

それはわたしが望む星空とは違った——

「ひゃうわっ！」

そんなセンチメンタルな感慨にふけったのもつかの間、わたしはぐいっと『こっち側』に、力強く引き寄せられた——再び、みっともない、自分でも可愛くないと思う悲鳴をあげてしまう。

その強引な助けかたに悲鳴をあげたのではなく、さながらこの屋上がボールルームであるかのごとく、そのまま熱烈に抱き寄せられたことに悲鳴をあげたのだ。

非常事態だから仕方のない次第だとは言え、こんな風に誰かから抱きしめられるという経験に、わたしは非常に乏《とぼ》しかった——相手が同性でも悲鳴をあげただろうが、この場合、相手は小柄とは言え男の子だったのだから、尚更である。

距離が近過ぎて確かなことは言えないけれど、着ているその制服からして、本校の生徒らしい——ただ、わたしの交遊半径はとにかく狭いので、誰なのか、何年生なのか、同級生なのか、先輩なのか後輩なのかは、わからなかった。大人びた下級生にも見えるし、幼なげな上級生にも見えて、しかしたとえ同級生だとしても、『わたしと同じ二年生』と言うには極めて違和感のある少年だった。

『同じ』に見えない。ちっとも。

「大丈夫かね？　気をつけたまえよ。屋上が立ち入り禁止になっている理由を考えたほうがいい――危ないからだ」

そんな謎の彼氏から、近距離で、真っ当な注意みたいなことを言われて、わたしはかあっと熱くなる――根暗な癖《くせ》に、すぐ頭に来てしまうのが、わたしの性格だ。あなただって立ち入っているじゃないか、とか、あなたがいきなり声をかけてきたから危なかったんだ、とか、いろんな文句が喉元《のどもと》で渋滞を起こし、逆に言葉を失ってしまう。

ただ、危ういところを助けてもらったのは揺るぎない事実なので、わたしはとにかく、

「あ、あり、ありが、ありがとう」

と、つっかえつっかえお礼を言った――未《いま》だわたしを抱き続けていた彼氏の胸のあたりを、押しのけるようにしながら。

「ふむ」

と、存外あっさり、彼氏はわたしを解放してくれた――なんだか、助けてくれた恩人を変質者扱いしたみたいで、結構重めの罪悪感があったが、しかし、彼氏のほうはさして気にした様子もなく、

「きみは、星を見るのが好きなのかね?」

と、真上を見上げて訊《き》いてきた。

「え……、どうしてそう思うのよ?」

距離感を計りながら――実際的な距離感もさることながら、正体不明ゆえに、心理的な

距離感がわかりにくい――わたしがそう訊き返すと、

「なに、極めて簡単な、初歩の推理だよ。こんな時間にひとりで屋上を訪れる理由なんて、他には考えられないからね」

なんて、彼氏はにやりと笑った。

やけに持って回った言葉回しも、『推理』なんて得意げな言いかたも、にやりとした笑みも、不似合いな読みである――わたしは校舎の屋上で、夜、星を見るのが好きだ。

土台、この構文に含まれるふたつ目のミスに、気付けというほうが無茶なのかもしれないけれど……、わたしがそんな風に思っていると、「美しく輝く星々に見とれてしまうきみの気持ちはよくわかるとも。僕も星は好きだ」と、的外れに、彼氏は続けた。

「美しく輝く星々は、僕をこうも美しく照らしてくれるからね」

まったく的外れなことを――ん？

なんだか今、おかしなことを言わなかったか？

やれやれという気持ちで、よそ見をしかけていたわたしが、すわ聞き間違いかと思わず二度見したところで、謎の彼氏は、

「探し物かね？」

と、再度問うてきた。

「そうだとすれば、この僕は手伝うにやぶさかではないよ」

手伝うも何も、だから、出し抜けにそう声をかけられたことで、わたしは危うく校舎の屋上から、世をはかなんでの身投げをするところだったのだ。

「……どうして、そう思うの？」

わたしはまたも、質問に質問を返した。

馬鹿馬鹿しい、こんな初対面の男の子に、いったい何を期待しているのだ——構文に含まれる間違いに、つまりわたしの間違いに、気付く人間なんているはずがないのに。

「なに、これもまた初歩の推理だよ。初歩の初歩と言ってもいい考察だ。何かを一心不乱に探してでもいない限り、すぐそばに美しい僕がいることに気付かないなんて、あるはずもないのだから」

言った。完全に言った。美しい僕って。

変質者ではないにしてもやばい奴だったと、それこそ、すぐそばにそんな人物がいることに怖《お》じ気《け》づき、ここから逃げ出す方法を真剣に模索しかけたわたしだったが、「むむ？」と首を傾《かし》げてから彼氏が続けた言葉に、そんな賢明なる思考は払底する。

「僕としたことが、これは迂闊だった。髪の長い後ろ姿ばかりが印象的だったが、今気付いたよ。きみは、とても美しい目をしているね」

払底どころか、その言葉にわたしは激高した。劇的に激高した。

誉《ほ》め言葉のつもりなのかもしれないし、ただの社交辞令なのかもしれないけれど、しかしそれは、わたしが一番言われたくない言葉だった——百の罵声を浴びせられるよりも、効果的にわたしを怒らせることのできる麗句である。

わたしはポケットから、外していた眼鏡《めがね》を取り出して、すぐさまかけた——何でもいいから何か行動をしないと、たとえやばい奴とは言え、命の恩人を怒鳴《どな》りつけてしまいかねなかったからだ。それは避けたかった。

「うん？　なぜその美しい目を眼鏡で隠そうとするのだね。せっかく美しいのに。僕がまぶしいと言うのならば、できる限りオーラを抑えるから是非とも、万難を排してその眼鏡を外してくれたまえ。心配しなくとも、美しさは比べるようなものではないのだから、僕と並んだからと言って、きみの目の美しさがくすむことはない」

殴られたいのか、こいつ。

わたしを怒らせようとしているとしか思えないくらい、心の柔らかいところをびしびし突いてくる——沸点どころか臨界点を超えた怒りは、逆にわたしを笑顔にさせた。

わたしは、そんな、ひきつった笑みと共に、「そうよ、探し物をしているの」と、今更のように、彼氏からの質問に答えた。

「手伝っていただいてもよろしくて？」

やばい奴につられたわけではないが、怒りのあまり、変な言葉遣いになってしまった——別に手伝って欲しいなんて思ってない。強《し》いて言えば消えて欲しいと思っている。

ただ、この変人に無茶振りをして、困らせてやりたかったのだ——言うなら、露悪的に不幸な身の上話をしてみせるようなものだ。目のことを言われたからというだけではなく、せめて静かに、穏やかな心で過ごそうと思っていた、最後の夜を邪魔されたことへの怒りもあったし——白状すれば、八つ当たりのような気持ちもあった。

この見ず知らずの、やたら元気のいい快活な少年を、今夜をもって終わるわたしの夢の巻き添えにしようとしているのかも——推理とか、考察とか、そんなそれっぽいことを言いながら、彼氏はわたしの見るに耐えない腹黒さに気付くこともなく、

「もちろんだとも！　砕氷船に乗ったつもりで任せたまえ！」

と、胸を張った。

むしろ我が意を得たりと、嬉しそうだ——砕氷船って。

こんなに背を反《そ》らしたこと、わたしは、ついぞないな。

「無私の人助けは美しさの基本だからね！　では話を聞かせてもらおう、一緒に来なさい——いやあ、きみは実に幸運だよ。今日は主たるメンバーが全員、揃っているはずだ」

「め……、メンバー？」

なんだか、暗雲が漂ってきた。

悪意の罠《わな》に、相手をうまくひっかけてやったはずだったのに、逆にこちらがひっかかってしまったような気配芬々《ふんぷん》である——ひょっとして、わたしはとても迂闊なことをしてし

まったのではないだろうか？

「一緒に来なさいって……、ど……、どこに行くの？」

おっかなびっくり問いかけたわたしに、そんな悪い予感を裏付けるように、彼氏は言った。

「決まっているじゃないか、もちろん、美少年探偵団の事務所だとも！」

誇らしげに言った。

幸運にして関わらずに済んでいた謎の組織、噂の美少年探偵団と――わたしはこうして、不幸にも関わることになってしまったのだった。

4　語られる依頼内容

勢い込んで、と言うより、ほとんどただの勢いで、美少年探偵団の事務所――即《すなわ》ち美術室を来訪したわたしだったが、しかし校内の有名人達に取り囲まれて、すっかり萎縮してしまっていた。

熱しやすく冷めやすいのが、わたしの駄目なところだ――まあ、包囲網の中に約一名、無名と言うか、見知らぬ生徒もいるのだけれど。

団長？

こいつが？

ひょっとしたら先輩かもしれないのだから、『こいつ』なんて言ったらいけないのかもしれないけれども、だが、噂話に疎《うと》いわたしでも知らずには暮らせないような、個々に有名な四人——袋井満、咲口長広、足利飆太、指輪創作——を、その名を聞いてもまったくひっかかるところのない名もなき生徒が、こうして取り仕切っていると言うのは、はなはだ違和感だった。

いや、名は先ほど聞いたのだったか。

双頭院学。

わたしの正面で偉そうに足を組んで、ソファでそっくり返っているけれど……、よくこの四人と同席しながら、そんな尊大な態度が取れるものである。

彼らのパフォーマンスの高さに、同性なら尚更、萎縮しそうなものだけれど……、それとも、わたしが不勉強にして存じ上げていないだけで、双頭院くん（暫定的に『くん』）もまた、何者かなのだろうか。

まあ一応、こうして冷めたコンディションで公平にジャッジするなら、その偉そうな態度を除けば——つまり見た目だけなら、他の四人と遜色ないとも言える。美少年探偵団だとか、増長してもおかしくない程度には。

さっさと歳《とし》を取って太れ。

「ん？　なんだか誰かに呪われている気がするぞ？」

と、双頭院くんがきょろきょろ、周囲を窺《うかが》うようにした――推理力のほうははなはだ疑わしいけれど、どうも、勘はいいらしい。だからと言って、勘でわたしの『手伝い』ができるとは思えないが――

「まあいいか。呪われるのは美しさの宿命だ。それでは、詳しい話を聞かせてもらおう、瞳島眉美くん。きみはいったい、何を探していたのかね？」

そう促《うなが》されて、わたしは逡巡《しゅんじゅん》する。

ただただ不快な思いをさせられた仕返しのために無茶振りをしてやるつもりだったが、状況が屋上とはぜんぜん変わってしまった。その場のノリではもう済まない。

双頭院くんだけに八つ当たりするならともかく、他の四人に対しては何の恨みもない――まあ、袋井くんからは出会い頭に失礼なことを言われたりもしたが、特に、指輪くん相手に八つ当たりだなんて、とんでもない。

八つ裂きになってしまいかねない。

もっとも、取り囲まれていると言っても、まともにわたしに向き合っていると言えるのは、生徒会長の咲口先輩だけと言ってもよかった――双頭院くんは先述の通りふんぞり返って、わたしというより天井のシャンデリアと対面しているようだったし、わたしが心底怯える指輪くんは、同席こそしているものの、いかにもお義理でそうしているだけという風に、あさっての方向を見ている。わたしを見ているよりは壁を見ているほうが益があると言わんばかりだ。

袋井くんは一応こちらを向いてくれているものの、いかにも迷惑そうだ。『男子だけで楽しく遊んでいたのに女子が混ざって来やがった』感が半端《はんぱ》じゃない――好きでいるわけじゃないし、そういう感覚からは小学校と一緒に卒業しておけと言いたい。そして、生足くんはと言うと、テーブルの上からはさすがに降りたものの、しかし彼は普通に座るということができないのか、それとも魅惑の生足を強調したいのか、ソファの背もたれに足をかけ、逆《さか》さの姿勢になって、くつろいでいた。

まるで圧迫面接でも受けているようだ。

「…………」

わたしは緊張を誤魔化すように、テーブルのティーカップに手を伸ばした――先程、咲口先輩に促されて、袋井くんがわたしの分も含めて人数分、用意したものだった。

まさかあの恐怖の番長が紅茶を淹れるさまが見られようとは……、しかし、やけに慣れた手つきだった。

ともかく、出されたお茶を飲まないというのは礼儀に反する。

まあ、咲口先輩はさっきあんな風に誉めていたけれど、あれはあくまで袋井くんに対するお愛想だろうから、過度な期待はするべきではあるまい。そもそも、紅茶なんてだいいたいどれでも味は同じだ。

だけど、ここは適当に話を合わせようと決め、袋井くんの機嫌を取るべくわたしは熱い紅茶を口に含み――

「はぐうっ！」

おいし過ぎて、含んだ瞬間、吐《は》き出した。

気管に入ってしまったようなリアクションだが、そこまでさえ届いていない――舌に触れた時点で反射的に吐き出してしまった。さながら毒でも飲まされたみたいだけれど、たとえ毒を飲まされても、ここまで露骨な反応はしない。

「おいおいどうしたよ。いつも飲んでる泥水とそんなに味が違ったか？」

袋井くんがそんな風に言いながら、布巾で、冷静にテーブルの上を拭《ふ》き始める。

なんて言い草だと思うけれど、言うだけのことはある――これが紅茶なら、私が普段飲んでいるのは茶色の泥だ。

吐き出した物の処理を男の子にさせてしまうとは、恥ずかしい……けれど、お蔭《かげ》で少し、冷静になれた。紅茶のデトックス効果かもしれない。

美少年探偵団。

そんな聞くだに怪しげな団体に、誰が依頼するのだろうという漠然とした疑問については、これで答が出たわけだ――まさか団長直々に、依頼を自ら集めていようとは。

紅茶を吐き出している場合ではない。

その罠にあえなくかかってしまったわたしが、今考えるべきは、『この美術室から、如何に無事に帰るか』である。

……まあ、素直に謝って帰るが、おおむね一番の正解だろう。業腹《ごうはら》ではあるけれど、わたしは明日から、大人になる身だ。アダルトだ。少女を体験できなかった少女時代終焉《しゅうえん》の証《あかし》として、気に入らない相手に頭を下げるくらいの世渡りを、ここで覚えておくのも、また人生である。

「あのう、ごめんなさ」

「しかし見たまえ諸君！　彼女の目はとても美しいと思わないかね！　さあ見るのだ穴が開くほどじろじろ見るのだ！」

双頭院くんが声を張り上げて言った。

謝りかけていたわたしは、その謝罪文を呑《の》み込む——団長の声を受けた全員（指輪くんも含む）の視線が、にわかにわたしの目に集まるのを受けて、反射的に俯《うつむ》いてしまった。

「はっはっは！　顔を紅潮させて照れているよ。まあそういう謙遜の姿勢も美しくはある」

顔が紅潮しているのは怒りのあまりなのだが、まったく伝わっていない。

意を決し、わたしは顔を上げた——左右に裂けそうなくらいにひきつった笑みで、もう

どうにでもなれと破れかぶれな気持ちになって、

「わたし、美形って嫌いなの」

と言った。

「ちょっと格好いいからって、なんでもかんでも思い通りになるなんて、勘違いしないでね」

彼らの見目麗しさは実際にはちょっとどころではないのだが、とにかくわたしは、五人に向けてそう宣言した。中には先輩もいるし、後輩でも、影も踏めないあの指輪くんがいるのに、我ながら言いも言ったりである。

団長の発言の連帯責任を負わせてしまった形だが、事実上全責任を、つまり被害を負うことになるのは、わたしのほうだった。

ただ、頭に血が上ったわたしに、歯止めはなかった——目が血走ったときのわたし、というべきかもしれないが。

やってしまった後悔に満ち満ちているけれど、しかし言ってやったという、清々《すがすが》しくも清々《せいせい》した気持ちもあった。

これはこれで、美少年探偵団の事務所、つまり美術室からはめでたく追い出されることにはなるだろうから、結果オーライとも言える。

強制的に少女時代が終わるという意味でも、結果オーライは同じだ——終わるのは、ひょっとしたら人生そのものかもしれないけれど、もういっそ、それでもいいという投げやりな諦観もあった。

しかし、プライドを傷つけられた美少年達が、暴言を吐いたわたしを力任せに放逐《ほうちく》するという展開を覚悟していたのだが、彼らの反応は、そんな凡庸な予想とはまったく異なるものだった。

全員が全員、連鎖するようにくつくつと、失笑を漏《も》らし始めたのだった——無言を貫いていた、表情に乏しい指輪くんさえ、ほのかに微笑している。

貴重なものを見てしまったという思いと、ひょっとして笑い物にされているのかという思いが半々で、反応に困っていると、

「失礼。申し訳ありません、笑うつもりはなかったのですが、つい——あまりに、いつも通り過ぎて」

と、口元を押さえながら、生徒会長。

いや、そんな風に謝ってもらっても、こっちは何を笑われたのかわからないのだ。いつも通り？　困惑するわたしに、袋井くんが言う。

「不思議なもんでな。ここに来た依頼人は男子女子を問わず、だいたい同じことを言うんだよ。美しさなんてくだらねえって」

「そーそー。だけど最後には、美しさの価値を認めて、帰って行くの！」

逆さの姿勢のままで、生足くんも、邪気のなさそうな笑顔でそう続けた。

ぐ、と黙ってしまったわたしに、袋井くんは、

「だいたい瞳島、お前、論点がずれてんだよ。ヒットした漫画を読んで、『でもこれ、ジャンプで連載してたらこんなに人気出てないよね』って言う奴くらいずれてる」

更に畳《たた》みかけてきた。

だからなんで要所要所で風刺を挟んでくるんだ、この不良は。

「瞳島眉美くん、念のために僕からはひとつ、訂正を要求しておこう。細かいことだと思うかもしれないが、神と同様、美もまた細部に宿るものだからね。美形という言葉は誇らしき義務として甘んじて受けるが、しかしながら、格好いいという言葉は撤回してもらいたい——それではまるで、僕達が格好をつけているみたいじゃないか」

双頭院くんが言ったが、それがどういうこだわりなのかは謎だった。『美しい』と『格好いい』は違うのか？

「むろん。美少年探偵団団則その1——『美しくあること』だ」

「…………」

団則その1って……その2やその3もあるのだろうか。

うんざりした気持ちにさせられる。

だが、そこまで言うなら面白い。

いや、面白くなってきた。

美形嫌いのわたしが、本当にその、『美しさの価値』とやらを認めて帰って行くのかどうか、試させてもらおうじゃないかという気持ちになった。

やけっぱちとも言えるが。

それこそ、なんでもかんでも思い通りになると勘違いしているらしいこの五人組に、世の中の厳しさを教えてあげるのが、自分に課せられた義務だという気さえしてきた——本来、その厳しさは、わたし自身が向き合うべきものなのだが、そんな理性はとっくに失われていた。

あるいは、この時点でわたしは。

彼らの美しさとやらに、当てられていたのかも知れない。

「じゃあ、依頼させてもらうわ」

「うむ。探し物だったね？」

と、喜色満面で双頭院くんが身を乗り出してくる。なんでそんなに嬉しそうなのだ——人の役に立てるのが嬉しいというご奉仕タイプには、とても見えないのだが。

「探し物ねえ。財布とか生徒手帳とかか？　それとも可愛がってるワンちゃんニャンちゃんとかか？」

小馬鹿にするように言う袋井くん。俺達は半端な依頼では動かないぞと、釘《くぎ》を刺されているようでもあったが、その期待には、きっと応えることができる。

わたしは言った。

「――わたし、星を探しているの」

十年前からずっと。

5　二つ目の間違い

わたしは校舎の屋上で、夜、星を見るのが好きだ。

この構文に含まれる二つ目の間違い。

それは、『星を見るのが好き』なのではなく、『星を探すのが好き』だということだ――わたしはずっと、星を探してきた。

ある星を――十年前に見た、あの星を。

今ではまったく考えられないことだが、およそ十年前、三歳とか四歳とかの時分、わたしは両親と兄と、家族旅行に出掛けた――連休を利用した、二泊三日のキャンプ。

海で泳いだり、砂浜でバーベキューをしたり、花火を楽しんだり。

まあ、絵に描いたようなほがらかな旅程だった。

絵に描いて残しておくべきだったほどに。

ただ、わたしが何より心打たれたのは、旅の最中に見上げた星空だった――あんな綺麗《きれい》なものは、今に至るまで、見たことがない。

都会育ちだったわたしにとって、きらきらと輝く星々というものが、新鮮だったというのもあるだろう。

中でも、とりわけ美しく。

強く輝く星に、わたしは惹《ひ》かれた。

一番星だっただろうか？

すごく綺麗で、手を伸ばせば届きそうなほど間近に感じて、だから、こうして見上げるだけでなく、いつか、その星に行きたいとさえ思った――直《じか》に触れたいと思った、だからそのときから、わたしの将来の夢は、『宇宙飛行士』になった。

両親も、それを応援してくれていると思っていた――実際は、短絡的とも言える子供の戯言《たわごと》を、相手にしていなかっただけなのだけれど。

実際、思慮の足りない子供が持ちそうな夢ではある。宇宙飛行士なんて、プロ野球選手とか、ケーキ屋さんとか、『子供がなりたい職業』ランキングの典型みたいなもので、特に理解のない親だったというわけではないのだろう。

むしろ、理解してもらっている、共感してくれていると、勝手に思い込んでいたわたしのほうに、よっぽど問題があったのだ。

理解されるための努力を、共感してもらうためのアプローチを、怠るべきではなかった——子供に親は選べないというが、親にだって子供は選べない。

わたしは彼らにとって、『いい子供』にはなれなかったというだけのことだ、結局は——ただ、わたしが夢を追う上で、両親との生産的な関係性を築けなかったのは、その他にひとつ、差し迫った問題があった。

あまりに不可思議で、わたしとしては、すべてをそのせいにしたくもなる。

あの日、あの海岸で見たはずの星を。

わたしの心を打ち、わたしの将来を決定づけたはずのあの星を、わたしは見失ってしまったのだ——旅行から帰って以来、どれほど夜空をくまなく探しても、確かにあったはずのあの星を、わたしは今に至るまで、今日の今晩に至るまで、見つけることができなかったのだった。

それは子供心に、自分の身体の一部をもぎ取られたような衝撃を与えた。具体的には、目をえぐり取られたような気分だった——あの星を見たはずの、両の目を。人格形成に影響を及ぼすレベルのショック——『見間違いだったんじゃないか』『そんな星は最初からなかったんじゃないか』と、みんな、口々に慰めの言葉をかけてくれた——最初は馬鹿な子供への同情のようでもあったそれは、いずれ、頑固な分からず屋への叱責《しっせき》へと変貌《へんぼう》していく。

クラスメイトとも、近所の友達とも、その体験を分かち合えないことで、一定以上、仲良くなることができなかった。否定されるのが嫌になって、隠すようになった。それが更なる孤立を招いた。腹を割《わ》らない壁のある子の誕生だった。いつからか、一人でずっと、見失った星を求めて、独学での天体観測に精を出すようになった――血道を上げることになった。

少しおかしくなっていたんだろうと、今ではそんな小学生時代を振り返ることもできるけれど、おかしくなっているときには、人間、それには気付けないものである。

両親との決裂も、もちろん、それに基づく。

中学入学にあたって、いよいよ、『いい加減、夢を見るのはやめなさい』と、はっきり言われた――『もっと真面目《まじめ》に将来を考えなさい』と。そんな、ずっと真面目だったのに、と、わたしは裏切られたような気持ちになった。勝手に信じておいて、裏切られたも何もないのだが、この頃にはわたしは、すっかりひねくれた反抗期の娘になっていた。親が言うことということだけで、逆らいたくなるお年頃だった。

そして例の約束である。

遊びは中学二年生まで――中学二年生までに、その『星とやら』を見つけることができなければ、宇宙飛行士の夢はすっぱり諦めるという約束。

両親にしてみれば、それでもだいぶん妥協だっただろう――本当なら、彼らは中学入学と同時に、わたしの子供っぽい夢を、諦めさせたかったはずなのだから。

そもそも、計算外ではあったはずだ。

熱しやすく冷めやすい性格のわたしが、ここまで『大きくなったら』に執着するなんて——だが、わたしに言わせれば、強く執着するものがひとつあったからこそ、他のすべてが、どうでもよくなっているのだ。すべてはその星に起因している。

だが、そんなわたしのありかたも——そんなわたしももうすぐ終わる。

十四歳の誕生日をもって、『星探し』は終わる。

いや、本当は始まってさえいなかったのだ。

だって、そんな星は、最初からありはしなかったのだから——

6　快諾

「美しい！」

いきなり、叫ぶようにそう言われて、わたしの話は中断された——叫んだだけでは飽きたらず、双頭院くんはソファから起立し、頭の上で手を大きく叩《たた》いた。そんなに全身で喜ぶか、中学生にもなって。

「失われた綺羅星《きらぼし》の捜索！　まさしく僕達美少年探偵団が乗り出すにふさわしい壮大な案

件ではないか！　そうだろう、みんな！」

振られた『みんな』のほうは、さすがにそこまでテンションが上がることはなかったけれど、しかし、わたしの話に、決して否定的な風でもなかった——それが意外だった。

話している最中に、またもやわたしの気持ちは冷めてきて、客観的に自分を見てしまって、これはまた、このいけ好かない連中にひと笑い提供しておしまいになってしまうかもしれないと思いつつあったのだが。

「壮大……確かに、壮大だな。ここまでの依頼はなかなかあるもんじゃねえや。やれやれ、こいつは大がかりな仕事になりそうだ」

袋井くんが、面倒そうに頭をかいた——それで、今更三角巾をつけっぱなしにしていたことに気付いたらしく、それを取った。

億劫《おっくう》そうで、わたしの来訪を疎ましく思っているような態度に変わりはないけれども、しかし、その言い草は同時に、わたしの『依頼』を、彼が受注するつもりだという意味にも取れた。

星なんか探せるか、馬鹿じゃないのか、という、当然予想されるあるべき返しが、誰からもないことに、わたしはむしろ動揺した。これは何のフェイントだ？

「あはは。何をおろおろしてんの、瞳島ちゃん。よかったじゃん、団長が引き受けてくれるってさ——結構、この段階で断られることって多いんだよ。『その依頼は美しくない』

とか言って」

そんな理由で断られるのか。

いや、わたしの依頼にしたって、決して『美しい』なんて言葉で、あっさりと片づけて欲しくはないのだが——そのことでわたしが、どれだけの苦汁を舐《な》めてきたと思っているのだ。

「……こんな子供っぽい依頼を、受けてくれるって言うの？　あるかどうかもわからない星を、一緒に探してくれるって？」

「子供っぽいほうがよいのだよ。いやむしろ、子供っぽくなければならない」

と、双頭院くんはピースサインをした。

いや、それはピースサインではなく——『その2』だった。

「美少年探偵団団則その2——『少年であること』だ」

少年であること——

馬鹿馬鹿しいとしか思えなかった団則その1を聞いたときとは違い、その言葉に不覚にもはっとさせられた。いや、その意図するところまでが理解できたとは言わない——わけがわからないことには違いない。

けれどなんだか、とても大切なことを言われたような気がした。

わたしが失いかけている何かを、教えられたような。

「そーそ。ボク達はいつまでも、子供心を忘れないんだよー」

と、団長に賛同するように、生足くんが朗《ほが》らかに笑う。

「だからボクは一生、ショートパンツを穿《は》く。美脚のヒョウタとは、ボクのことさ」

それはどうなんだ。なんだその通り名。

まあ美脚だけれども——正直、目のやり場に困るのだ。

「だ、だから、そうやって、殊更足を強調するみたいに、逆さになって座ってるの？」

話題が逸《そ》れることを覚悟の上で、勇気を出して、触れていいのかどうかわからなかった疑問点に触れてみると、

「ちげーよ。そこでそうやって逆さになってたら、そいつの目の高さと、丁度お前の位置に座った女子の、スカートの中と高さがぴったり合うんだよ」

「はあっ⁉」

袋井くんに教えられ、思わずスカートを押さえる。

いや、もっと早く教えろよ！

生足くんは特に言い訳もせず、悪びれもせず、「最近、女子が全員、スカート長めだから、うまくいかないんだよねー」と、体勢を戻そうともしない。

最近、女子が全員、スカート長めになったのは、主にきみの美脚のせいなのだが……。

再びわたしの、名状しがたい怒りに火がつきかけたところで、すっと静かに、指輪くん

が席を立った。むろん、このクールな天才児は、双頭院くんと違って、嬉しくなってしまって立ち上がったわけではないようで、どころか、無言でふらりとそのまま、美術室を出て行ってしまった。

その自然な動きを止める暇はなかったし、もとより、彼を止める権限などわたしにはない——わたしのエピソードに、呆《あき》れて出て行ってしまったのだろうか？　だとすれば、そんな正しい反応はないが。

「心配しなくていい。奴は手配に向かっただけだ」

と、双頭院くんが、ようやく座り直して言う——しかし、あの指輪くんを『奴』呼ばわりとは、この子は本当に何者だろう。無口な指輪くんと意志疎通できているらしいことと言い、こうなると、ただ者でないのは確かなのだろうが。

「手配って……何の？」

「おいおい、瞳島眉美くん、きみはいったい何を言っているのかね」

わたしの依頼を聞いても馬鹿にしなかった双頭院くんは、ここでは思い切り馬鹿にするように言った。見下されるのは腹が立つけれど、しかし裏返せば、別段紳士だからという理由で、彼はわたしの話を、笑わなかったわけではないらしい。

ならば、信じてくれたのか？

不当にもわたしの話を理解し——間違って共感してくれたのか。

しかし、手配……、なにぶん、探す対象が星なのだから、指名手配というわけでもあるまいし――それこそ犬探しでもするかのように、掲示板にポスターを貼って探すつもりだなんて言ったら、張り倒す。

「では、屋上に向かうぞ。みんな、準備をしなさい」

「おうよ」

「承知しました」

「はーい」

不良と優等生とアイドルが、それぞれに返事をして、動き出す――置いてけぼりにされそうになって、わたしも慌ててあとを追う。

屋上？　屋上に戻るのか？

天体観測を再開しようということだろうか――だけど、わたしがずっと見つけられなかったものを、いくら六人がかりでも、たったの一晩で見つけられるはずがないのだが。そもそも、この連中が、この風変わりな連中が、そんなまっとうな方法を採るとは思いにくい――

「ねえ、双頭院くん。手配って、何を手配するの？」

わたしがしつこく食い下がると、双頭院くんはわかりきったことを説明するような口調で答えた。

「手配と言えば、ヘリの他にするものなどあるまい」

7　飛行（逃避行）

校舎の屋上に耳をつんざくような轟音《ごうおん》と共に飛んできたヘリに乗り込み、あれよあれよとわたし達が向かった先は――わけもわからないままあっという間に連れて行かれた先は、わたしが十年前、該当の星を観測した海岸だった。

美少年探偵団に依頼が受注されてから、時間にして、わずか数時間後――舞台のような場面転換というのか、驚くほどの速度で、わたしは指輪学園とは全然違う場所に立っていた。

スクールシューズで立つ砂浜。

確かに十年前に訪れた砂浜ではあるのだが、しかし、印象はまったく違った――ぜんぜん気持ちが入らない、現実感がない。

いや、理屈はわかる。

どうして今までこんなことを思いつかなかったのか、しようと思わなかったのか、不思議なくらいだ――探し物をするのであれば、それは、それを最後に見た場所で探すべきなのだ。

校舎の屋上ではなく――この海岸で。

家族旅行の行き先で。

初歩の初歩どころか、一歩も動くまでもない考えかたである。

……無意識に、今や思い出でさえないこの場所を、わたしは避けていたのかもしれない。家族が和気藹々《わきあいあい》としていた時代のアルバムを、紐解《ひもと》きたくなかったのかも。

そんなデリケートな気持ちを、力業と言うか、力任せで打破されてしまったわけだが——理屈はわかれど、しかし、彼らのこの行動力は半端ではなかった。

中学生がヘリを使うかあ？

誰だよ、あのパイロット。

まあ、指輪財閥の力があれば、原子力潜水艦だって容易にチャーターできるかもしれないけれども……、と言うより、ここで特筆すべきは、彼らがヘリコプターを手配したことそのものよりも、打ち合わせも会議もせずに、無言のうちに、ほとんど暗黙の了解的に、こんな暴挙に打って出たことだ。

たとえ彼らがどんな仲良し五人組だろうと、まさかテレパシーで通じ合っているというわけではあるまい——つまり、彼らにとって、これはひとつのフォーマットであり、マニュアルに記載されている程度の、ごくごく当たり前の行いだということだ。

こんな滅茶苦茶《めちゃくちゃ》な行動力を発揮する組織が、学内で活動していたなんて……、噂以上じゃないか、美少年探偵団。

ふんだんに警戒しつつも、その馬鹿な名称に、もとい、その馬鹿げた名称に、どこか軽《かろ》んじる気持ちがなかったとは言えないけれど、こいつら、やっぱり恐るべき危険団体だ。

……とは言え、ことの発端《ほったん》はあくまでもわたしの依頼であり、そして彼らが、わたしが自分一人では、来ることも、訪《おとな》う決断もできなかったであろう海岸へ、わたしを連れてきてくれたことは確かである。

限界近くまでひねくれているわたしでも、ここでお礼を言わないわけにはいかない。

「あ……ありがとう、指輪くん。お金持ちなんだね……」

今度は、前ほど噛《か》まずにそう言えた——確認を取ったわけではないが、この手配の費用は、どう考えても指輪財閥の御曹司、事実上の理事長、指輪創作くんの懐《ふところ》から出ているだろうから、わたしはそんな風に名指しで謝意を表明したのだったが、当の指輪くんは、なにやらわずかに唇《くちびる》を動かしたただけだった。

なんと言ったのだろう。

どういたしまして、と言ったとも思えないが……あるいは、気分を害されてしまったか？　確かに、お金持ちに対して、お金持ちなんだね、はなかったかもしれない。

感想が素直過ぎる。我ながら。

性格もこれくらい素直ならよかったのに。

「はっはっは。ソーサクは、『運がよかっただけだ』と言ったのだよ」

と、双頭院くんが近付いてきた。

小柄な割に歩幅が広いのか、あっという間に距離を詰めてくる。

「ソーサクは、自分などたまたま富裕層のファミリーに生まれただけだと主張する、極めて謙虚な男なのだよ。美しい姿勢だろう？」

「はあ……」

現在の指輪財閥に対する彼の貢献度を思うと、謙虚どころの話ではないと思うが……、そこまで行くと、美しい姿勢とかじゃなくて、何を考えているかわからなくて不気味なレベルである。しかし、そこはさすが団長と言うべきなのか、それこそテレパシーさながらに、双頭院くんは指輪くんと、意志疎通ができているらしい――全部彼が言っているだけかもしれないが。

「ま、そんな指輪と出会えたこの僕は、もっとラッキーということだな。幸運もまた美しい奇跡さ。さて、瞳島眉美くん」

さらっと、謙虚さの欠片《かけら》も見当たらないことを誇らしげに言ってのけて、双頭院くんはすっと、真上を指さした。

「きみが探しているという星は、どのあたりにあったのかね？」

「え、えっと、どのあたりと言うか……」

いきなり本題に入られ、わたしは緊張する。

なにぶん十年前のことなので、はっきりしたことは言えないという実状もある――探しているうちに、やたらめったら記憶が上書きされてもいるだろう。こうして現地に飛んでみても、何か思い出が想起されるということもない。

まるでフィルターでもかかっているように。

思い出せない。

「何座と何座の間にあったとか、そういう座標だけでもわかりませんか？　その星を目撃した正確な時間でもよいのですが」

と、横合いから咲口先輩が問うてくる。

聴衆の心をつかんで離さないその柔らかな声に、緊張が少し解かれるけれども（わたしのような頑《かたく》なな女子の緊張とてもだ）、しかし、どの質問にも答えることはできなかった。

恥ずかしくなってくる。

ここまで手がかりのない状態で、わたしは天体観測を、十年にわたっておこなってきたのか……、海図も持たずに航海を続けていたようなものじゃないか。

わたしの誕生日を祝うための旅行だったから、時期はちょうど今頃だったと思うのだけれど……。

「ふむ。そうですね。夏と冬では見える星座もがらりと違ってきますから、季節が同じなのは、僥倖《ぎょうこう》と言えます」

「はっはっは。瞳島眉美くんが探しているというその新星が発見されれば、星座がひとつ、増えることになるのだな！　美しくも痛快な話ではないか。どうしてもと言うのならばその星座を、双頭院座と名付けることを許可しよう」

団長はそんな勝手な未来を描いて実に楽しそうだったが……、ん？　星座が増える？

新星の名を双頭院星とする分にはまだしも、いや全然まだしもじゃないけれど、星座？

「双頭院くん、ひょっとして、星座には、すべての星が含まれているって思ってない？」

「違うのかね？」

違うわ！

全地球で見ても八十八個しかない星座に、すべての星を含められるわけないだろ！

まあ、盲点と言えば盲点なのかもしれないけれど……、しかし、まさか天の川を知らないわけじゃないだろうに。あれを含めるなら、何千個星座が必要になるんだよ。

わたしの将来が今、こんな無知蒙昧《もうまい》の輩《やから》にかかっていると思うと、目眩《めまい》さえ覚えた――行動力のスケールは巨大だったが、やはりこの少年、ただの馬鹿なのでは？　少年じゃなくて美少年かもしれないが、それでも馬鹿なら馬鹿には違いあるまい。

「ほほう、そうかね」

しかし、わたしの指摘にも、双頭院くんはまったく動じることがなかった。

「あいにく、僕には学がなくてね――僕にあるのは、美学だけだ」

「び、びがく？」

「そう。美学のマナブとは、この僕のことなのさ」

美学のマナブ……。

美脚のヒョータ、とも言っていたか。

なんだ、そういう通り名は、全員にあるのだろうか？

そう思いながら、わたしは咲口先輩のほうをちらりと見た——彼はそれだけで察したようで、「ちなみに私は、美声のナガヒロです」と答えた。いい声で。

「そう。僕達がただ、見た目が美しいだけの少年達だと誤解してもらっては困る——僕達の美しさの真髄は、その内面にこそあるのだよ」

さも得意げにそう言われたが、そんなことを言われても困るのはこちらだった。見た目の美しさも暗に主張しているし。

だいたい、美学と美声はともかく、美脚は見た目ではないの？

そう思って、ヘリを真っ先に降りて、以来見失っていたかの生足くんを探してみたが、彼は生足どころか裸足《はだし》になって、波打ち際で戯れていた。

自由過ぎる。

「ふっ。童心をいつまでも忘れないとは、ヒョータこそ、美少年探偵団の鑑《かがみ》だな」

うんうんと、満足そうに頷《うなず》く双頭院くんだったが、わたしには探偵団のメンバーが、業務を忘れて遊んでいるようにしか見えない。

「……美しくて、少年であれば、それで美少年探偵団ってことなの？」

皮肉を込めてわたしが訊くと、「いやいや、ただそれだけでは、もちろん困る」と、双頭院くんはにやりと指を振った。

「美少年探偵団団則その３――探偵であること、だ。瞳島眉美くん、いくら記憶が定かでなくとも、その星を見たとき、海を向いていたか、山を向いていたか、その方向くらいはわかるだろうね？」

「あ、うん……それくらいなら」

海を――向いていたと思う。

まあ、一緒にされたくはないけれども、当時のわたしも、生足くんと同じように、ああやって波打ち際で遊んでいたのだ――星よりも、海に専心していた。

だから、確かなことは言えないけれども、十歳のわたしは水平線のほうを向いていた可能性が極めて高い。

「よかろうよかろう。では、まずはそちらから捜索しよう。天体望遠鏡を設置する。手伝うぞ、ナガヒロ！」

「了解です。……私がメインでする作業なんですね？」

そんな風に言いながら、ずんずんと先を行く双頭院くんを、咲口先輩は追った――取り残される形になるわたし。

気付けば、指輪くんもいなくなっていた。

どこに行ったのだろうと、辺りを見渡していると、

「おい。お前はこっちの準備を手伝え」

と、乱暴に誘われた。

袋井くんだった——なにやら重そうな機材を、大小様々、一気に運んでいる。天体望遠鏡——ではなさそうだ。そう言えば、学校を出る前、ヘリにいろいろ、せっせと積み込んでいたようだが……。

「お前って言わないでよ。準備って何の？」

「馬鹿かお前は。準備って言えば、バーベキューの準備に決まってるだろうが」

決まっているのか。

手配と言えばヘリコプターだし、準備と言えばバーベキュー……、文化圏が違い過ぎる。

わたしでなくとも、まともなコミュニケーションを取れそうもない。

「なに言ってんだ。お前が言ったんだろうが。十年前、家族でバーベキューしたって」

「ああ……」

言ったっけ。泳いだり、バーベキューしたり、花火を楽しんだり。

言ったけど、しかし、まさかそこまで忠実に、キャンプを再現しようと言うのか？　じゃあ、生足くんがああやって、ＰＶでも撮っているみたいにぱちゃぱちゃ遊んでいるのも、『泳いだり』の再現だったのだろうか？

だとすれば、彼もまた、探偵団の第三則を守っているということにはなる——実際、彼のその姿を見て、わたしは星の方角にあたりをつけたところもあるわけだし。

ふん。

どうやらあの美脚もまるっきりの無能というわけでもないらしい——と、双頭院くんばりに偉そうに評価しつつ、わたしは黙々と、バーベキューの準備の手伝いをし始めた。

「なんだよ。もっと文句でも言うのかと思ったけど、意外と素直に手伝うじゃねーか」

「…………」

「ああん？　さっきまであんなおろおろおたおたしていた癖に、急にクールになりやがって。お前はジョジョの奇妙な冒険の登場人物か」

秀逸な比喩でわたしの行動を表現するな。

風刺が利いてないときは、普通にうまいんだよなと思いつつ、わたしは、

「……働かざる者食うべからずって躾《しつ》けられてるだけよ」

と、答えた。

「躾？　ふうん。その言いかたからすると、ずいぶんと厳しい親御さんみてーだな。そし

てあまり、そんな親を尊敬してないと見える」

わたしが手伝うまでもないくらいてきぱきと準備をしながら、そんなことを言う袋井くん――鋭い指摘だったが、しかし言葉尻を捉《とら》えられたようで、あまり気分はよくなかった。

「袋井くんみたいにグレられたら、楽だったんだけどね」

だからそんな悪態をついてしまう。

自分の性格の悪さがいちいち嫌になるし、よく考えたら、これはかなり恐れ知らずな悪態だった――学外までその名を轟かす番長相手に、わたしは何を反目しているのだ。

一緒に海岸でバーベキューの準備などしているから、麻痺《まひ》してしまっていたが、この同級生は、本来ならばわたしなど、口も利《き》けないような相手なのである。

「確かにそうだな。俺には、十年もの間、あるかどうかもわかんねー星を延々探し続けるなんて、とても無理だよ」

胸ぐらでもつかまれるんじゃないかと内心びくびくしていたが、果たして、袋井くんは落ち着いたものだった――黙々と、あらかじめ切ってあったらしい野菜と肉をクーラーボックスから取り出して、串に刺し始める。

なんだか手際がいい……、学校からエプロンもつけっぱなしだし、三角巾もいつの間にかつけ直しているし、不良というより、むしろ給食係みたいだった。まあ、三角巾ではその強面は隠し切れていないけれど（どころか、より怖い）。

対抗心を燃やしたわけでもなかったが、コンロを設置し終えたわたしも、その串刺しを手伝おうとした――が。

「馬鹿、何やってんだ！　おざなりに肉を刺すな！　肉にはそれぞれ、刺す方向があるんだよ！」

……めっちゃ怒られた。

当てこすりを言ったときは怒られなかったのに、肉を刺す方向が違うという理由で。

「もういい、お前は食器の準備をしてろ！　食材には指一本触れるな！」

自分で手伝えと言っておいて、なんと勝手な……、料理がうまい男子と言えば、好感度が高そうなものだが、こんな横暴な態度では、袋井くんはそのレギュレーションの例外とせざるを得まい。

お洒落なイタリアンでも作るというならまだしも、バーベキューなんて、いかにもな男料理で威張り散らされても。

十年前にしたバーベキューだって、たぶん、適当に切った肉を適当に焼いていただけだ――再現が原点を越えてどうする。

「……肉なんてどう刺しても同じでしょ」

「なんか言ったか！」

いえ何も。

頑固な職人みたいな給食係から距離を取り、それでも甲斐甲斐《かいがい》しく健気《けなげ》にも、わたしは言われるがままに、食器の準備に取りかかる。まったく、何が食器だ、大袈裟な。紙皿や紙コップや割り箸くらい、適当に並べれば——と思ったら、ヘリに搭載してあったのは、美術室の水屋に展示されていた、銀食器だった。

普段使いなの⁉

コップも紙ではなく土から作った陶器だったし、箸もたまらず見とれてしまうような塗り箸だった——一式揃えられてもいないし、和洋折衷《せっちゅう》もいいところだが、『高級そう』という一点においては共通している。

そう言えば、あのときは緊張であまり意識していなかったけれど、美術室でいただいた紅茶が入っていたティーカップも、異様にゴージャスなそれだった……。

「も、勿体《もったい》ないとかないのか、こいつら……」

「あ？　勿体ない？　何言ってんだ、食器なんだから、使わないほうが勿体ないだろ」

またも耳ざとく、わたしの一言を捉えたらしい不良くんが、煩《わずら》わしげに言う。

お説ごもっともではあるのだが。

「でも、これ、歴史的に価値がある何かとかじゃないの？」

よく知らないから曖昧《あいまい》なことを言うわたしに、「その辺のは、そーでもねーよ。あいつの手作りだし」と、袋井くんは答えた。

「へ？　手作り？」

言われて、袋井くんが肉の刺さった串で示した方向を振り向く――そこには、先程から姿を見失っていた、一年生の天才児がいた。

指輪創作。

彼は砂でお城を作って遊んでいた。

いや、『遊んでいた』なんて表現が似つかわしくないほど、彼の表情は真剣だった――いつもの感情の乏しい無表情とは違う、真摯《しんし》な顔で、しかしシャベルとバケツを使って、砂を掘っては積み上げているようだった。

あ、あれも、昔のわたしの再現か？

わたし、砂遊びをしていたとは言っていないんだけれど……。

年下にはまったく見えない指輪くんだったけれど、年齢的には生足くんと同い年なわけだし、案外、子供っぽいところがあるのかもしれない。

「手先が器用なんだよ、あいつは。気付かなかったか？　あの美術室にあった絵とか、彫刻とか、大半はあいつが作ったレプリカなんだぜ」

気付かなかった。

金持ちが金にあかせて集めた美術品だとばかり思っていたけれど、もちろんそれもあるのだろうけれど、それはばかりではなかったということか——いや、レプリカというと安っぽいが、このレベルの贋作《がんさく》作りは、本物を入手するよりも、ある種難しいのではないか？

眼鏡を外して、よく見たら、彼が作っているお城というのも、なんだか、サグラダ・ファミリアっぽいのだが……。

子供の頃のわたしに、あの天才児くん、どんな期待をかけているのだ。

全然子供っぽくない。

「家業の手伝いだったり何だりで、財界でいろいろ壮大に働いてる奴だけど、本人は、あーいう細々《こまごま》とした物作りが好きな奴なんだよ。美術のソーサクとは、あいつのことだ」

「美術のソーサク……」

なるほど、あの美術室は、彼そのものなのだ。

確かに、と、わたしは手にした銀の皿をしみじみと見ながら、得心する。こんなものを作れる才能があるのならば、自分の生まれや育ちなど、『たまたま運が良かっただけ』と、言い切れるのだろう。

いや、厳密には、言ってはいないけれど。

双頭院くんがそう言ったと言っただけだ——そんな才能を指揮してみせるあの団長の異様さも、こうなるといよいよ際立つ。

「おい。何ぼーっとしてんだ、瞳島。さっさと準備を続けろよ。こっちの準備は終わったから、もう焼き始めるぞ。六人分の料理準備するのが、どれくらい大変か知らねーのか」

「それは知らないけれど……」

と言うか、知らないことだらけだ。

美少年探偵団の存在にしたって、今の今まで半信半疑だった。

「袋井くんが、咲口先輩と仲良しだったなんて、知らなかった。ぜんぜん、そんな話聞かないし」

「はあ？　俺達が仲良し？　やめてくれよ、冗談じゃない。お前は始めた手拍子《てびょうし》をやめるタイミングのわからねー奴かよ」

風刺的ではない比喩なら、やはり比較的心穏《おだ》やかに聞けたけれど、ともかく、袋井くんは嫌そうに言った。

「俺達は、廊下で出会っても口も利かないよ。美術室の中でのみ——団長の下《もと》でのみ、休戦協定を結んでいるだけさ。別に、ナガヒロとだけってわけじゃない。ヒョータとも、ソーサクとも……、ヒョータは団長の言うことしかきかねーし、ソーサクは、団長以外とはろくに話さえしない。団長がいなきゃ、俺達はグループとして成りたってねえよ。そこはお前の思う通りだ」

「…………」

なんだか、冷たい響きのようでもあったけれど——俺達、か。

彼が普通に口にした、そんな言葉が、妙に羨《うらや》ましく思えた。

いいな。

わたしもそんな風に、自分と誰かを、ひとくくりにしてみたい。

羨ましいを通り越して――妬《ねた》ましくもある。

「……ねえ、袋井くん、きみ達って、どれくらい本気なの？」

「あん？　なんだって？」

問いかけの意味が、ぜんぜんわからないという風に眉を顰《ひそ》める袋井くんに、わたしは続ける。

「今日、初めて話す、わたしみたいな奴の、まあどうでもいい奴の、まあどうでもいい話に、ここまでしてくれて。ボランティア精神って感じじゃないよね。美少年探偵団とか、なんていうの、余裕のある奴の遊び？」

「…………」

「ヘリコプターとかさ。そりゃあありがたいし、感謝もしなきゃって思うんだけど……、でも、悩んでること小馬鹿にされてるみたいで、正直、あんまり嬉しくはないの。キャラの立った、スケールの大きい特別なヒト達に、悩みごとまで持っていかれる気分」

ずけずけと、随分なことを言っている。嫌なことを言っている。

それは自覚している。

でも、言葉の奔流は止められなかった。

「遊び半分で助けられても、ね？　わたしは、あなた達のオモチャじゃないんだから」

「かっ」

そんなこと言うんならもう帰ると、この場で見放されてもおかしくない暴言だったが、袋井くんは、そんな風に笑った。

「くっだらねえ。なんだその問題意識。キャラの立ったってなんだよ。俺ら別に、キャラじゃねーし」

「う……」

「お前は『今の子供達はゲーム漬けで、リセットボタンを押せば人は生き返ると思っている』ことを問題提起してる奴かよ。大人だって墓参りとか葬式とか彼岸とか、死者に対してあれこれ、理に適《かな》わないことしてんだろってのの」

風刺が強い版だ。責めるときは風刺が強くなるのか？

墓参りくらいさせろ。

「おら、食え。毒味だ」

いつの間にか、バーベキューコンロは点火されていて、一本、焼いた串を、袋井くんがわたしに差し出してきた——わたしが抱えていた思いを吐露している最中に、既に調理に入っていたのか。

ちゃんと聞いてたのかな？　と、思いつつ、わたしはその串を受け取る。

毒味って、ねえ？

ひょっとすると、紅茶を飲んだときと似たような大きいリアクションを、わたしに期待していたのかもしれないけれど、やれやれ、バーベキューなんて誰が作ったって似たようなものにはなるだろうに。

「お上品に食ってんじゃねえぞ。大口あけてがぶりといけ、がぶりと」

デリカシーがないなあ。

とは言え、大きく切られた肉は、他に食べようもなかったので、がぶりといった。

「はぐうっ！」

吐き出した。またしても毒でも盛られたように。まさしく毒味。

「あ！　てめえ、ふざけんなよ、勿体ねえ！」

怒るタイミングがいちいちおかしい。銀食器を使うのは勿体なくなくとも、肉を吐き出すのは勿体ないらしい——わけがわからん。

「くっ……、普段食べているゴム塊《かい》とはぜんぜん味が違う……、胃が受けつけなかった……」

「自分で言ってんじゃねえよ」

突っ込まれてしまったが、まさしくわたしの、珍しくも実直な感想だった——肉というのは、切りかたひとつ、焼きかたひとつで、こうも味わいが変わるのか。

味と言うか、食感だが……。

肉汁だけ飲みたいと思うジューシーさだった。

「な、なんだ、お前。泣いてるのか？」

おいし過ぎて、気付けばぼろぼろと涙を流していたわたしに、どん引きした風な袋井くん——番長をどん引きさせてしまった。

「な、泣いてないわ。肉汁が目に入っただけよ」

「大変な事態じゃねえか……大丈夫か？」

「気にしないで……うう」

恥ずかしい。

つーかダサい。

男子の前で泣いてしまうなんて。

わたしは誤魔化すように、外しっぱなしにしていた眼鏡をかけ直す。そして更に誤魔化すように、

「は、ははーん。さ、さてはあなた、美食のミチルね？」

と、鋭く指摘した。

「いや、そうだけど。当たってるけど。なにがははーんだよ。敵みたいな言いかたすんな

よ。俺は味方だっての……、ったく」

わたしの吐き出した、砂浜に落ちた肉を拾い上げ、まだ熱いだろうに、まぶされた砂粒をぱんぱんと、綺麗に払う袋井くん。

当たり前みたいに口にされた『俺は味方だ』という言葉の受け取りかたに戸惑いつつも、落とした肉なんて捨てるしかないのだから、砂なんてつけっぱなしにしておけばいいのにと思ったが、あろうことか彼は、その肉を自分の口に放り込んだ。

あっ……、と思う間に、もぐもぐ咀嚼《そしゃく》される。

「うん、うまい。さすが俺だ。……ん？　なんだお前。可愛らしくも『きゃっ、間接キス！』とでも思ってんのか？」

「いや、それはぜんぜん思ってないけど」

それを言うなら、吐き出した物を食べられたのだから、事態は間接キスどころではない。衛生的にどうなのだろうと思っただけだ――もちろん、わたしの唾液についてではなく、地面に落ちたものを食べるというのは。

「別に。俺は昔は、落ちてるもんだけ食って生きてたからな――衛生より、食べ物を無駄にすんのは勿体ないって気持ちのほうが強いぜ。それが高じての、美食のミチルなんだけどな――まあ、ソーサクのおかげで、高い食材を手に入れられるようになったのは、マジありがたい」

「………」

天才児くんがぶっちぎって度を外れているので、なんとなく、美少年探偵団全員が裕福みたいなイメージで見ていたけれども、そういうわけでもないのか。いや、『落ちてるもんだけ食って』なんて物言いは、お得意の比喩にしたって、かなり過酷な少年時代を想起させる。

キャラの立ってるという言いかたについてはともかく——スケールの大きな特別なヒト達、というのも、思えば、偏見なのかもしれなかった。思えば、思うほどに。そう考えると、自分の浅はかさが嫌になって、それを誤魔化すように、わたしは串にささったタマネギをがぶりと——

「はぐうっ！」

「いい加減にしろよお前！」

四苦八苦し、いちいち号泣しながらも、とにかく串を一本食べ終えたわたしに、袋井くんは、

「おら、口元と涙を拭いて、あの馬鹿を見ろ」

と言った。

わたしにハンカチを渡し、彼が示したのは、設置した天体望遠鏡を頑ななまでに逆向きに覗《のぞ》いている、美少年探偵団の団長、双頭院学だった。

使いかたもわからずに、あんな大仰な天体望遠鏡を持ってきたのか、あの男子は……、『学がない』というのは、殊更美学を強調するための、レトリックではなかったらしい。近くで、咲口先輩も呆れたようにしている。

「あれが、本気の馬鹿だ」

「…………」

上長に対して、馬鹿という言いかたはともかく……、それに、天体望遠鏡の使いかたを知らないらしいこともともかく、波打ち際で遊ぶ生足くんと大差ないテンションで、星探しに興じている双頭院くんの姿は、確かに、知性とは縁遠かった。

縁遠かったが……。

「ご覧の通り、既にあいつは、お前から依頼があったことなんて、すっかり忘れてる。お前が今から依頼を取り下げると言っても、あいつはその失われた星を探すことをやめないだろう。それがあいつの本気であり――それがあいつの美学だ」

「…………」

「リーダーが本気なら、俺達も本気だ。心配するな。誰もお前の悩みを小馬鹿になんてしていないし、お前の夢も、小馬鹿になんてしていない――つーか」

と、袋井くんは言った。

「お前の夢を一番小馬鹿にしてんのは、実はお前自身なんじゃねーのか？」

8　依頼人の考察および見解

家族キャンプの再現。

なんて、よく考えたらうすら寒い。

何を追想しているのだという気分になる。

追想どころか、妄想もいいところだ――もう二度と、わたし達一家が、一緒にどこかに出掛けることなんてないのだから。

たとえそれは、わたしが宇宙飛行士なんて、夢みたいな夢を諦めて、少女から大人になったところで――態度を改めたところで、変わることはないし、戻ることはないだろう。

入った亀裂は埋まることはないし。

失われたものは、失われたままだ。

ただ、このキャンプに限らず、わたしがこの十年間やってきたことは、そういうことなのかもしれない――あるかどうかわからないものを追い求めているのではなく、ありもしないものを、追い求めていたのでは。

それを探しているうちは、夢を見ていられるから。

……愚かしい。

宇宙飛行士になりたいのであれば、ただ勉強だけをしていればよかったじゃないか。真っ白いパズルを組み立てる例の訓練でもしていればよかった。そうだ、宇宙飛行士になるためには、語学力以上に、コミュニケーション能力が必須だとも言う――みんなと仲良くすることが大事なのであって、それなのに、こんな絶望的に気難しい偏屈女子になってしまって、どうするのだ。

夢を追っているうちに。

嫉妬《しっと》深く、卑屈で、性悪《しょうわる》な小物になってしまった――人として、こんなに悲しいことはない。

自分の性格が悪いのはわかっていても、それを直すすべはないのだ――こんな自分と一生つきあっていかなければならないというのが、地獄でなくてなんだ？

双頭院くんは、わたしの夢を美しいと言った。

失われた星の再発見、なんと美しいのだと、賞賛した――たぶん、心から、本気でそう言ったのだろうと、ここまで来たら疑いの余地はないけれども、しかし、それにわたしは反発を覚えた。

美しいだなんて、わたしの悩みを、そんな綺麗な言葉で飾らないで欲しいと思った――わたしの悩みは、わたしの夢は、あなたの暇潰しの道具じゃないと、激しい怒りさえ覚えた。

けれど、本当の気持ちは、そうじゃない。

わたしは自分の夢を、小馬鹿にするどころか。

醜《みにく》い――とさえ、思っているのだ。

追い続ける夢は、いつか、醜悪と化す。

ならば、十年にわたってわたしは――夢を追っていたのではなく、夢から逃げていたのかもしれなかった。

9 夜明けと共に

結論から言えば、空が白んでくるまで、わたしと美少年探偵団は天体観測を続けたけれども、しかし何の成果も上げることはできなかった。

強いて言うならば、天才児くんがサグラダ・ファミリアを完成させたことが成果としてあげられるのだが、その砂上の楼閣も、生足くんの容赦なき生足によって無惨に破壊された。

すげーいい笑顔での破壊だった。

無邪気にも程がある。

完成までほぼ一晩かかっていたことを思うと、天使どころか悪魔の所行だったけれども、しかし指輪くんは軽く肩を竦めただけだった——懐が広過ぎる。

懐が豊か過ぎるとも言える。

それはともかく、代わりばんこで仮眠を取りつつ、バーベキューをいただきつつ、あとはさりげに花火なんかで一緒に遊んだりもしたけれど、夜が明けるまで、最終的には海の方向に限らず山の方向まで満遍なく、天体望遠鏡をフルに駆使したものの、見つかるのは既存の天体ばかりだった。

既存の天体と言うのも変な言いかただけれども、なんにせよ、わたしが十年前に見た——わたしだけが十年前に見たと強硬に主張している件の新星は、見つからなかったというわけだ。

落胆しなかったと言えば嘘になるけれど、しかしまあ、こんなものだろうという常識的な納得もあった——十年間見つからなかったものが、最後の夜に見つかるなんてドラマチックなことは、そうそうないのだ。

美少年探偵団の面々と遭遇しただけで相当ドラマチックな出来事なのだ、それ以上を望もうと言うのでは罰《ばち》が当たる——いや、わたしにしてみれば、最後の夜に彼らと出会ったことこそ、罰みたいなものだけれど。

確かに、現地で探すというアイディアには一理あったが、そうは言っても同じ国内だ。北半球と南半球というわけでもない、見える星空に、そこまでの差異があるはずもないのだから、気持ちの上ではともかく、素人がおこなう観測条件としては、校舎の屋上でそれをするのと、そうそう結果に差が出たりはすまい。

それに、当時の再現と言っても、天体望遠鏡に関して言えば、わたしは十年前、そんな機器を使ってはいないのだ――そんなわけで、わたしは何も見つけられないまま、十四歳の朝を迎えた。

約束の朝だ。

十年にわたる夢のようなめくるめく日々もこれで終わり――これでついに、悪夢から解放される。

そのこと自体もさることながら、目論見《もくろみ》通りと言えば当初の目論見通りに、学校の有名人四人（プラス無名人一名）を巻き添えにしてしまったことが、今更のように心苦しかった。

しかし、いずれにしてもタイムアップである。

ド平日ゆえ、今日も学校はあるのだから、中学生は、もう帰らねばならない――既に門限なんて、余裕でぶっちぎった時間だが。

わたしはどうでもいいのだけれど、この五人に門限とかはないのだろうか？　……あるわけないか。そんな世間並みなルールに縛られてる輩ではあるまい。

そう思いつつ、それでも、可愛くないところばかり見せてしまったけれども、せめて最

後くらいは素直になろうと、素直ではなくとも率直にはなろうと、謝罪と感謝を、わたしは彼らに言おうとしたのだけれども、

「諦めるのはまだ時期尚早だと言わざるを得ないとも！」

と、そんな双頭院くんの高らかな雄叫《おたけ》びに、わたしの素直と率直は、一蹴《いっしゅう》される。そしてむくむくと、人が感傷に浸ってるときに何言ってんだこの馬鹿はという、反抗心が起きあがってきた。

感傷と言うか、こうなると癇性《かんしょう》である。

もっとも、その発言の意味が捉えられなかったのはわたしだけではないようで、

「どういうことですか？　リーダー」

と、団員からも疑問の声があがる。

美声のナガヒロの、いい声による疑問だった。

わたしだったら、そんな声で質問されれば、ついつい迎合するようなことを言ってしまいそうなものだけれど、そこはリーダー、堂々としたもので、

「瞳島眉美くんがご両親と交わした約束は、十四歳になるまで、だろう。瞳島眉美くん、きみの誕生時刻は何時かね！」

「た、誕生時刻⁉　え、えっと……、夕方くらいだったかしら……？」

正確な時刻まではわからないが、そんな話を、今は亡きおばあちゃんから聞いたような

覚えがある――って、まさか？

「そう、そのまさかだ。つまり、夕方までは、まだロスタイムが残っているということだな！」

一同唖然《あぜん》の理屈だった。

中学二年生までと言われていたのを、十四歳の誕生日までと引き延ばしたわたしのズルの、遥《はる》か上を行く揚げ足取りだ――本当、ロスタイムもいいところと言うか……。

それ見たことかというように、したり顔をする双頭院くんに、わたしは、「あのね、それはそうかもしれないけれど」と、頭を抱えつつ、説得にかかる。

まあ、おおかた天体観測が楽しかったので、もっと続けたいという、美少年探偵団団則その２に基づく、少年らしいモチベーションなのだろうけれども……。

「でも、その理屈が通ったとしても、駄目だよ。駄目って言うか、無駄」

「無駄？　無駄とはなんだね」

無駄という言葉は美しくないと言うように、首を傾げる双頭院くん――いや、こんなこと、言われるまでもなくわかるだろうに。

「せめて夜までってって言うならともかく、夕方だよ？　もう夜は明けちゃったし、ロスタイムって言っても、次に空に星が出るまでに、その猶予は終わっちゃうの」

いくらタイムアップが長引いても、それが昼間のうちに終わってしまうのであれば、意味がない――死刑執行までの猶予期間みたいなものだ。

だったらもういっそ、この場で首を斬ってもらったほうが、気が楽である。

「わかっていないなあ、瞳島眉美くんは。昼間だって、太陽とか月とか、天体は観測できるではないかね」

「いや、そりゃ、太陽とか月とかならね？」

駄目だ。無駄って言うか、駄目だ。

わたしではこの男を説得することはできない――ならば、メンバーの中でもとりわけ付き合いの長そうな、生徒会長に頼るしかない。

彼の美声が頼りだ。

聞けば彼は、美少年探偵団の副団長だと言うし――しかし、頼りの咲口先輩は、したり顔の双頭院くんと双璧をなすような、思案顔をしていた。

まさか、双頭院くんの理屈に、逆に説得されてしまったのか……？　どうやら同じ心配をしたらしく、

「おいおい、ナガヒロ。こんな馬鹿な意見を、取り入れようってんじゃねーだろうな？」

と、袋井くん。

団長を馬鹿呼ばわりするのは、本人の前でも変わらないらしい――腹を割っているとも言えるし、呼ばわりされた本人はてんで、気にした様子もないけれど。

「いえ、ミチルくん。今のは、馬鹿が発言した意見というだけで、決して馬鹿な意見ではありません――」

と、生徒会長は番長を制する。

また馬鹿と言われた。

どうも、取り仕切ってはいるけれど、美少年探偵団の団長は別に、尊敬されているわけではないようだ。

「どういうこと？　ナガヒロ。ボクも、昼には星は、見えないと思うけど？」

と、夜明けの気配を感じるとともに、自慢の美脚に丁寧に日焼け止めクリームを塗っていた、意外とこまめな生足くんが、そう質問した。

「いえ、ひとつ、仮説が生まれました――調べたいことがあります。瞳島さん」

と、咲口先輩は、わたしのほうを向いた。

「ともかく、これから帰宅し次第、ご両親には、今のリーダーの理屈で押し通してください――納得させることはできなくとも、どうせ半日以下の引き延ばしです、きっとご両親も妥協なさることでしょう。そして放課後、もう一度美術室に来ていただけますか？　ひょっとすると、いい報告ができるかもしれません」

いただけますか？　と丁寧に問いつつも、それは有無を言わせぬ口調だった――こうもいい声でそんな風に言われたら、逆らいにくい。

まあ、この探偵団において、唯一、常識人的な振る舞いを見せている優等生の先輩の言うことである、ここは聞いておいて損はないだろうと、わたしは打算的に頷いた。

自分の心の汚さが嫌になりつつ。

ただ、むろん、仮説というのも気になった。

仮説——この期に及んで、どんな仮説が成立するというのだ？

「あははー。あんまり期待しないほうがいいよー、瞳島ちゃん。このヒト、ボク達の中じゃまともっぽく見えてるかもしれないけれど、小学一年生の女の子と付き合ってるロリコンだから」

「はあっ⁉」

さらっと口にされた重大情報に、身を抱えて一歩引くわたし。心の中の引きようは、一歩どころではないが。

「はっはっは。そんなに怯えることはない、瞳島眉美くん。ロリコンであるということを除けば、ナガヒロは今時得難いいい奴だ」

いやいや。

その特徴は、どんな高度な外科手術をもってしても、取り除けるものではなかろうに。

「二人とも、人聞きの悪いことを言わないでくださいよ……、恋人ではなく婚約者です。親が勝手に決めた、ね。団長はよくご存知でしょう」

どうやら定番のネタだったらしく、咲口先輩は冷静な対応だった——不良くんも天才児くんも、スルー対応である。いや、お約束のやりとりにするには、ちょっと支持率に影響が出かねない、ブラックジョークだと思うのだが……。

咲口先輩に婚約者がいるというだけでも、支持率は急落するかもしれない——主に女子からの。

そんな余計な心配をしていたから、

「ただし——期待しないほうがいいというのは、その通りかもしれません」

咲口先輩がぽつりと漏らしたそんな言葉を、わたしはうっかり聞き逃してしまった。

10 備考と尾行

両親はあっさり説得できた。いや、きりがないほど愚かな娘に対して、呆れてものも言えなかったというのが正しいかもしれない。

いずれにしても、約束の期限は今日の日没まで延長された——我ながら、穴があったら入りたいレベルの往生際の悪さである。約束なんて言葉、二度と使えそうにない。

というわけで、わたしは朝食もそこそこに、シャワーで軽く汗を流して、眠気を振り払い、とって返すように学校に向かう——指輪学園中等部は、私立とは言え徒歩圏内なので、まあ、早歩きで向かえば、ぎりぎり予鈴には間に合うだろう。

とても優等生とは言えないわたしではあるけれども、記録の上では一応、無遅刻無欠席の、健康優良児である——昨夜からの一連の出来事から、急激に現実に引き戻されたかのような通学路を早足で歩きつつ、わたしは考える。

言うまでもなく、かのロリコン先輩、ではなく、優等生先輩が考えた、仮説とやらについてである——しかしまったく見当もつかない。

ただ、団長のノリに水を差すようなことこそしなかったものの、当初からあの人は、何やら考えながら、天体観測をしていたようでもあった——そう言えば、バーベキューを食べながら、こんなことを言っていた。

「私達だけではなく、天体観測は世界各地でおこなわれているはずなのに、それでもなお見つからないというのは、不可解ではありますねぇ——新星の発見はもとより、新星の消滅なんて、天文界で話題にならないわけもないのに」

その言葉で、リーダーは更に発憤し、「他の誰かが見つける前に僕こそが見つける！」と、意気込んでいたけれども——それで話が逸れてしまったが、咲口先輩が言わんとしていたことは、そういうことではなかったのでは。

普通に考えれば、『だからやっぱり、瞳島さんの見間違いだったのでしょう』というあっけない意味合いになるのだろうが、しかしそれでは話が終わってしまう——彼の言う仮説とやらに繋《つな》がらない。

駄目だ。わからない。

こうなると、放課後を待つしかないのだろう――あんな有名人達と交流を持っているとバレれば、数少ない友達を失いかねないので、相当こそこそ美術室に向かわねばならないが……。

静かに終わるはずだったわたしの少女時代が、なんだかとても変なことになってしまったなあと、複雑な気持ちになる――どうしてこんなことになったのだろう。

変なこと、そして、大変なこと。

屋上で出会ったあの変人に、意地を張ってしまったのが発端か――そう考えると自業自得《じごうじとく》だ。溢れ出す自分の感情を抑えられなかったわたしに、すべての責任は帰《き》す。

それでも、目のことを言われると、わたしはどうしても――

「あ」

しまった、と。

シャワーを浴びた際、洗面台に置いたまま、眼鏡を忘れてきたことに気付いた――既に遅刻ぎりぎりなのだ、残念ながら、取りに戻る時間はない。

このまま学校に行くしかない……、やれやれ、これなら気付かないほうがよかった。別に、眼鏡を忘れること自体は初めてでもないが（意外とよく忘れる）、しかし、今日の放課後、あの無神経な美少年探偵団の団長と会わなくてはならないことを思うと、ただでさえ重かった気分が、海抜以下に沈み込むようだった。

「参ったなあ……」

全力で走ればそれでも間に合わないかと思って、無理だとわかっていながら、わたしは足を止め、くるりと後ろを向いた――そして見た。

見えてしまった。

わたしを尾行する、何者かの存在が。

「……～～～♪」

咄嗟《とっさ》に口笛を吹いて、わたしは回転の勢いに任せ、そのまま正面へと向き直る――誤魔化しかたとしては極めて平凡だが、ここで美学を求められるほど、わたしは変人ではない。

だが、どうして変人ではないそのわたしが、あんな大人に、尾行されなきゃいけないのだ？

登校中に回転して口笛を吹いている女子を変人以外の何と称するべきかはともかく――大人。

姿がはっきり見えたわけではないが、大人……だった。

こうなれば足を止めているのも不自然だろうと、わたしはなるべく自然に、それまで通りの早足で、歩き出す——駄目だ、右手と右足が一緒に出る。

どうだろう……、こちらが気付いたことに、気付かれただろうか？

だとしたら、まずい。

そんなものはいらないと、防犯ブザーなんて持っていないし、校則で禁じられている以前に、そもそもわたしはスマートフォンどころかガラケーさえ、両親から買い与えられていない。

いや、折悪《あ》しく、今朝がた幼女趣味についてのこぼれ話を聞いてしまったので、過度に不安になってしまう。わたしは自意識過剰ではあっても、自信過剰ではない。ゆえにわたしは美少年探偵団の連中のように思い上がる傾向はないのだけれど、しかし中学生というだけで、わたしに値打ちを見いだす者もいるかもしれない——どうすればいい？

とにかく早く学校へ。

学校の中に逃げ込めば安心だ。

だけど早足になり過ぎないように。

土台、大人の男相手に徒競走で、アスリートでもないわたしが敵《かな》うはずがないのだから
——ああもう、嘘だろう？　こっちは今、それどころじゃないって言うのに、なんで女子ってだけで、こんな目に遭《あ》わなくちゃならないんだ。

いやいや、落ち着け、落ち着け、勘違いかもしれないじゃないか。

たまたま、そんな風に見えてしまっただけかも。

なにぶん寝不足の頭である、勘違いもありうるだろう。

そんな風にわたしはいわゆる正常性バイアスに基づき、警戒心と危機感を、『実際にはアドベンチャーなことなんて、そうそうない』という現実とすり合わせようとしたのだけれど——次の曲がり角の段階で、さりげなく後ろを窺い、ほっとひと安心しようと企てていたのだけれど、しかし、その曲がり角に。

曲がり角の向こう側に、見てしまった——そんなわたしを待ち伏せするように、そこに立つ二人の大人の影に。

二人——後ろのひとりと合わせて、三人。

おいおい、モテモテじゃん？

そんな風におどけられる陽気な性格だったなら、果たしてどんなによかっただろう——しかし真実のわたしは、むしろ冗談の通じない、余裕のない、テンパりやすい女子でしかなかった。

たとえ尾《つ》けられていようとも、たとえ待ち伏せされていようとも、それでも動じることなく、あくまでも気づかない振りで、ともかく遮二無二《しゃにむに》学校に向かうべきだったのに、我を失ってしまったわたしは、反射的に、小道に折れてしまった——学校とは逆方向。

しかも、あろうことか駆け出してしまった。

山の中で熊に遭ったとき、死んだ振り以上にやってはいけないことは、走って逃げることだと言う——どころか、今のわたしは、やっちゃいけないことを、全部やってる感じだった。

だけど、そんな冷静な思考は働かない。

学校に逃げ込むのでもなく、自宅に帰るのでもなく、わけのわからないままに、わたしはとにかく、でたらめに走るのだった——それに意味があるかどうかわからないし、むしろ逆効果でさえあるかもしれないけれど、行く手に曲がり角があるたびに、がんがん折れ曲がりまくった。

ああ、もう。もう、もう、もう！

なんでわたしがこんな目に。

わたしなんかを尾けたり、待ち伏せたりするくらいだったら、我が校が誇る生足アイドル、足利飆太をストーキングしろよ。

この期《ご》に及んで、まだ自意識過剰の勘違いかもしれないという望みを、それでもわたしは手放していなかったけれども、しかし、それは甘い望みだった——いくつか目の右折をしたときに、それはたまたまだったのだが、先ほどそう目論《もくろ》んでいたように、背後を視界に入れることに成功したのである。

成功はしたのだが、なんだろう、『振り向いてはいけない』ルールのある、こちらとあちらを繋ぐ冥界の道でうっかり振り向いてしまったみたいな、膨大な後悔があった。

実際、異世界のような光景だった。

三人どころではない。

十人近い人数の大人が、わたしを走って、追いかけてきていた——その格好は様々で、男だけではなく、中には女性まで含まれている。

わけがわからない、どころの話じゃない。

こんなの、モテ期でさえない——女子中学生をつけ狙うストーカーどころか、むしろこちらが逃走中の犯罪者みたいじゃないか。

いっ、いったい、い、い、い、い、い、何が起こってるんだ？

「ぎゃあ！」

とにかく、悲鳴が可愛くないわたしである。

背後に気を取られ、正面に意識が向いていなかったわたしは、右折後、小道から大通りに飛び出すにあたって、とどめとばかりに危うく、自転車にひかれそうになった——いや、そのロードレーサーは、わたしの進路を塞《ふさ》ぐように、横入りしてきたのだった。

先回りされたの⁉

十人近く、どころか、わたしを追う者がまだいたのか。だったら挟み撃ちで、袋の鼠《ねずみ》で、抱囲網の完成で、これでゲームオーバーだった。瞬間、そう絶望したわたしだったけれども――しかし、ロードレーサーに乗っていたのは、大人ではなかった。子供だった。

ヘルメットをかぶっていたし、体操服だったので、校内で見るのと印象が違ったけれども、いったん気付けばそのまばゆい輝きを見誤るわけもない――その、短パンから伸びるむき出しの美脚を、見誤るわけもない。

我が校が誇る生足アイドル、生足くんだった。

彼は、戸惑うわたしに手を伸ばし、らしからぬ真剣な調子の大声で言った。

「乗って！」

11　二人乗り

乗って、と言われても、ロードレーサーである。

二人乗りは道路交通法で禁じられているとか道徳的な問題を云々《うんぬん》する以前に、このマシンには荷台なんてものは存在しない――どこに、どう乗ればいいというのだ？

ここでわたしが冷静だったなら、むしろあたふたするばかりで、何も選ぶことができなかっただろうけれど、十人近くの大人に追われまくるという未曾有《みぞう》の事態にすっかりテンパってしまっていたわたしは、冷静とはおよそほど遠いコンディションにあった。

だから、選択は早かった。

躊躇《ちゅうちょ》なく、わたしは生足くんの身体に正面から抱きついた――コアラがユーカリの木にしがみつくように、手足をフルに使って。

頬《ほお》と頬が密着する、パーフェクトな抱っこ状態である。

はしたないにも程があったが、しかしそんなことを考える余裕もなかった――ともかく、この場から逃げることだけを、わたしは考えていた。

いや、考えてさえいなかった。

何も考えず、ともかく全力でしがみつく。全身でしがみつく。

つい昨年まで小学生だった下級生だし、華奢《きゃしゃ》にも見える生足くんだったけれど、しかし、それでもやっぱり男の子は男の子で、わたしがそんな風に、不自然な体勢でしがみついても、彼はビクともしなかった。

むしろ、薄く筋肉質。

「はなさないでね！」

そう言われ、それを『離さないでね』という意味と解釈したわたしだったが、言うや否やペダリングを始めた彼に、『話さないでね』という意味だったのだと理解する――それくらい、いきなりのトップスピードだった。

こんなもの、喋った瞬間、舌を噛む。

男子に抱きついたまま舌を嚙んで死んだとか、どんな情念の強い女子だよ——と思う間もなく、あっという間に、生足くんの漕《こ》ぐ自転車は大人達を引きちぎり、別の風景のただ中にいた。

半端なバイクなんかより、ずっと速い。

ああ、と思う。

美脚のヒョータ。

見た目だけの美しさではない——か。

そう言えば、アスリートっぽくはまったくないけれど、この子は、アイドルである以前に、陸上部のエースでもあるのだった——わたし一人を抱えたまま（と言うか、これについてはわたしが自力でしがみついているのだが）、それをまったくものともせず、立ち漕ぎでもなくペダルを回す彼の足は、なるほど、見た目だけではなかった。中までみっしり詰まっている。

わたしを追う大人達の姿が、完全に見えなくなったところで、今更ながら、わたしは生足くんに、助けられたのだと気付く。

なんてことだ。

あくまでも胸中のこととは言え、ストーキングするのなら、この子をすればいいのになんて願ったことを、今、心の底から恥じる。

そんな自身の狷介《けんかい》さを、いったいどんな風に償えばいいのだろうと思っていると、わたしが抱きつく救世主は、

「あははー。瞳島ちゃん、意外とおっぱい大きいよねー」

などとほざいた。

……朗らかに言ったらなんでも許されるってわけじゃないぞ、こら。

意外と筋肉質な後輩は、そんな風に、わたしの罪悪感まで取り除いてくれたのだった。

12　サボタージュ

中学二年生、瞳島眉美の、無遅刻無欠席のささやかな記録は、こうして終焉を迎えた——十四歳の誕生日、わたしは遅刻することになった。

ただ自転車が速いと言うのではなく、地理にも明るかったらしい生足くんは、大人達を振り切ったのちも、辺りを縦横無尽に走り続け、大回りをした挙句《あげく》に学校にまで、わたしを送り届けてくれたけれども、さすがに到着するときには、予鈴も本鈴も、とっくに鳴り終わっていた。

まあ、別にさしてこだわりがあった記録でもないのだけれど、しかし、途絶えてしまうと、やはり惜しくもあった——校内に這入《はい》って、とりあえずひと安心してしまうと、どこ

となく、もの悲しい気持ちになった。

「あー、遅刻だ遅刻だー。まあいいか。じゃ、今日は授業、全部サーボろっと！」

一方、ここまでの長距離走行を経て、しかして息が乱れてもいない生足くんは、極めて明るいものだった——遅刻したら一日お休みって、自由過ぎるだろ。

女子より可愛い外見に誤魔化されているけれど、美少年探偵団でぶっちぎりの危険人物は、実はこの子なのではないかという疑いが、首をもたげてくる。

「じゃ、ボク、美術室に行くけど、瞳島ちゃんはどーする？」

「え、どうするって言われても……」

優等生ではなくとも、真面目ぶりたければ、一限の途中からでも教室に這入るべきなのだろうけれども、しかし、それよりも何よりも、今、わたしは、まずは生足くんから話を聞かなくてはならない。

助けてくれたことはありがたい。感謝の念が尽きない。

だが、あれはあまりにタイミングが良過ぎた。

わたしが謎の大人達に追われているタイミングで、ヒーローのように颯爽《さっそう》と現れるだなんて、あまりに出来過ぎている——人生に、ドラマチックなアドベンチャーがないというのならば、むしろあんな助けこそ、そうはありえないものなのだ。

それがあったからには、当然ながら、伴う事情もあったはずで——ならばそれを、教えてもらわねばならない。

「えーなにー。瞳島ちゃん、ボクと二人きりになりたいのー。やらしーなー」

罪悪感が消えるというラインを上回って、早くもただの嫌悪感が生まれつつあったが、ともかくわたしと生足くんは、美術室へと向かった。

美少年探偵団の事務所に。

……昨夜の出来事は、大いに現実味が欠けて、どこかふわふわした夢のようではあったけれど、しかし再び訪れた美術室の様相は、果たして、明白な現実だった。

ここに陳列されている美術品の大半が、天才児くんが作った贋作だという事実も明らかになっているが、それは決して、室内の輝きを衰えさせる事実ではなかった。

まあ、実際、シャンデリアが輝いているのだが――シャンデリアまで手作りってことは、さすがにないよね？

「もてなせなくてごめんねー。ボク、紅茶淹れんのとか、すげー苦手だから。せめて、ボクの足を見て、なごんで頂戴《ちょうだい》」

いや、きみの足を見たら、なごむと言うより、ひたすら嫉妬心が喚起されるだけなのだが。

まあ、わたしも紅茶なら、不良くんに淹れて欲しい――あの番長もサボってここにいるかもしれないと思ったけれど、意外と授業には出てるらしいんだよね、袋井くん。

「あー、汗かいちゃった！」

ぽいぽいと、体操服を脱ぐ生足くん。

ボクサーブリーフ一丁になって、鞄《かばん》から例の改造学生服を取り出す——体育会系なのかしらないが、女子がいる前で平気で着替えないで。

ただ、服を脱いでみれば、やはり薄く筋肉質な上半身は美しく、それ以上に、その脚は美しかった——美術室で半裸の彼は、それ自体、一個の美術品のようだった。

「てっきりきみは、美少年探偵団の末っ子扱いなのかと思ってたけど……、そんなこと、全然ないんだね」

「末っ子？　あはは。やだなー、ボクのこと、そんな風に見てたの？」

そんな風に笑う生足くんが、着替え終わるまで待つ。

目を逸らしたい気持ちと、見ていたい気持ちが半々だったのだが、結局、目を逸らすと逆に下心があるみたいだったので、姿勢を維持し続けた——そしてわたしは言った。

「あのう、生足く……足利くん」

「ヒョータでいいよー。あるいはヒョウでも」

「う、うん……、なんでもいいんだけど。あの、どうして、わたしを助けて……」

「人助けは美少年探偵団の使命だからね！」

そこで力強く答えられた。

いや、聞きたいのはそこではなかったのだが。

ただ、この子も自由そうに見えて——昨夜もほとんど、海で遊んでいるばかりで、天体観測に参加してはいなかったが——それでも、美少年探偵団の一員だという意識は高いらしい。

「詳しくは、ナガヒロリコンに聞いてよ。ボク、あいつに言われて動いただけだからー。念のため、瞳島ちゃんを迎えに行けって。ほんっと、いちいち偉そうに命令するんだよねー、あいつ」

「はあ……咲口先輩が」

ナガヒロリコンという、先輩に対する親しみを込めた悪口というにはいささか行き過ぎた愛称についてはさておくとして、やはり裏にはあの人の、何らかの配慮があったらしい。

となると俄然《がぜん》、彼の仮説とやらが気になってくる——その仮説が、あの大人達の尾行に、どう関わっているのかは定かではないが、それでも関わってくると見るのが自然だろう。

「もうメール打っといたから、休み時間になったら、来てくれると思うよー。だから、詳しい話はナガヒロから聞いてねー」

言いながら、着替え終えた生足くん。

体操服の短パンよりも改造学生服のショートパンツのほうが、足の露出度が多いのは、いかがなものだろう。

「でも、ヒョータくんが知ってることだけでも、今、おねーさんに教えてくれないかな?」

「そうがっつかないでよー。ボク、おねーさんには教えるよりも優しく教えられたいタイプだしー。三十分くらい待とうよ。『お前は「時計が動かなくなったんなら歌ってないで買い換えればいいのに」って言っちゃう奴か』って、あはは、ミチルちゃんの真似《まね》ー!」

美術室に設置されているグランドファーザークロックを見ながらそんなことを言う生足くん――いや、まだわたしの中で定着してないネタを生呑活剝《せいどんかっぱく》されても。

ただまあ、この子、説明がうまいってタイプではなさそうだし……、確かに、焦っても仕方がないか。咲口先輩のいい声による解説を待とう。

毒気を抜かれたような気持ちになり、わたしは美術室のソファに腰を下ろした――改めて、心地良いソファである。

油断すると寝てしまいそうだが、さすがに、男子と二人きりの状態で眠ってしまうのは、女子にあるまじき迂闊さだ――特に、この天使は危険である。

「で、どうだったの? 瞳島ちゃん。キビシーご両親は説得できたの?」

と、そこで生足くんが訊いてきた。

一応その辺、気にしてくれていたらしい。

「説得できたって言うか……、まあ、猶予はくれたわよ。娘の愚かさに途方に暮れてたって感じだったけれど……」

「ふーん？　なるほどなるほど、瞳島ちゃんは、いい子だねー」

「？」

意味がわからず、しかし、だからと言って文言通りに誉められたわけではないことだけはわかって、わたしは怪訝《けげん》な気持ちになる――相手が恩人だろうと救世主だろうと、すぐ腹が立ってしまうところが、わたしのクズなところだ。

当の生足くんは、そんなわたしの敵意に気付く様子もなく、わたしの正面に、昨日そうしていたよう、ソファの背もたれに美脚をひっかけ、逆さに座った――逆さだから正確には座ったとは言えないし、だから、スカートの中が見える角度を維持するな。

なんでそんな堂々といやらしいんだ。

まあ、どうせ見えないんだからいいや――それよりも、今は彼の言葉のほうが気になった。

「いい子って、どういう意味？」

「いやいや、ボクだったら、そんな約束、絶対守らないなーって思って。フツーにぶっちぎるし」

「…………」

「自分の人生なんだから、親に決められるんじゃなくって、自分で決めたいもんだよねー。ナガヒロだってさ、親に勝手に決められたとか言ってってけど、小学一年生彼女にメロメロなんだよー？」

いや、小学一年生彼女についての情報は、掘り下げなくてもいいのだけれど。

「書面で契約を交《か》わした公正証書ってわけでもないんでしょー？　だったら、今日の夕方とか、そんな律儀《りちぎ》なこと言ってないで、宇宙飛行士の夢、一生、追い続ければいいじゃない―。ボクが一生、ショートパンツを穿くように」

わたしの夢ときみのショートパンツを並べて語って欲しくない――と思いかけたけれども、しかし、決意の固さという点においては、生足くんのほうが、よっぽど意志が強いのかもしれない。

「そうそう、ちょっと前にさー、ボクの両親って、離婚したんだけどもさー。いつだったかなー、ボクが十歳くらいのときだったと思う」

今その事実を思い出したみたいに、さらっと、生足くんは言った。

「そのときにあのヒト達、離婚するなんて子供が可哀想《かわいそう》、みたいなことをさんざん言われてたわけ。だけどそれって、どうなのかなーって当時のボクは思ったね。可哀想って、それってどっか、片親の子供を、一段低く見てるから出てくる台詞《せりふ》だよね？」

離婚したら子供が迷惑だって言うならわかるけどさ、と、生足くんはへらへら笑ったまま言った——楽しい冗談でも口にしているような朗らかさだ。

なんとも言えない。

彼の言うことにも一理あるのだろうが、しかし、そんな割り切れる話でもないように思う——十四歳の身で考えるには、いささか荷が重い。

だがそれを、この子は、十歳のときに考えたのだ。

「まー、そんな重大な決断をしようってときに、ボクをダシにして欲しくなかったって話。離婚するにしてもしないにしても、勝手にすればって思った——瞳島ちゃんも、夢を諦めるんなら、自分で諦めないと、パパとママが可哀想だよー。あ、可哀想じゃなくて、迷惑ね？」

「…………」

笑顔で辛辣《しんらつ》だ、この天使。

親と子という力関係から、やっぱり、どこかでわたしは、自分は一方的な被害者だと思い込んでいたけれども——そういう意味では、そういうわけでも、ないのだった。

諦められる夢は、諦められる程度のものなのだ——信じていれば、夢はきっと叶《かな》う。

なるほど、金言だ。

だけど成功者の金言だ。

失敗した人はこう語るだろう。

　夢を信じて損をした。あのとき諦めていてよかったと——宇宙飛行士なんて誇大な夢を、苦労の多そうな職業を、ここですっぱり諦めてしまいたいという気持ちが、両親との約束を口実に、わたしにないと言えるだろうか。

「だいたい、わかんないんだよねー。なんで、瞳島ちゃんのパパママは、娘が宇宙飛行士になろうって夢に、反対するの？　どちらかと言えば、それって割と応援したくなる夢だと思うんだけど」

「まあ、そうだけど……、でも、浮き世離れした夢には違いないでしょ。ミュージシャンになりたいとか、漫画家になりたいとか言ってるみたいな、度を超えた不安定さだよ。親はやっぱり、会社員とか、公務員とかに、なって欲しがるもんなんじゃないの？」

　親の気持ちなんて、それこそ十四歳の身で語れるものではないけれども、わたしはそんな風に言った。

「ふうん。それってひょっとして、何か、瞳島ちゃんが、目のことを言われたらゲキっちゃうのと、関係あるわけ？」

　ずばっと、斬り込むように言われて、わたしは身のすくむような思いがした——リーダーがあんな風だから、なんとなく、美少年探偵団は、推理や観察力とは無縁の集団だという認識もあったけれども、この子、目ざとい。

双頭院くんがわたしの目を誉めたときに、わたしの感情が大きく動いていたことに、気付いていた——くそう、スカートの中だけを見ていたのではなかったのか。

美しくあること。

少年であること。

探偵であること——か。

「関係……ないわ。ぜんぜん。それとこれとは」

「あっそー」

厳しい追及を覚悟して、どきどきしながら、それでもわたしは否定したけれど、生足くんはあっさり引いたのだった。

13 合流

そして一時間目終了のチャイムが鳴った——と、三人のメンバーが美術室に集まってきた。

美声のナガヒロ。美術のソーサク。美食のミチル。

外部への工作なのか、生徒会長と理事長と番長が、時間を少しずつずらして続々と——どういう配慮なのかはわからないけれど、まあ、美脚のヒョータも含めて、それぞれが押しも押されもせぬこの四人がツルんでいるなんてことが露見したら、学校中、上を下への大騒ぎになるだろうから、当然するべき配慮とも言える。

ましてこの四人が、悪名高き美少年探偵団の団員だなんて——期せずして、知りたくもない秘密を抱えてしまった気分だ。

依頼人に課される守秘義務とは、存外、こういう意味なのかもしれなかった。

責任が重過ぎる。

「大丈夫かよ、お前」

意外なことに、開口一番、袋井くんが心配してくれた。

わたしが思うほど、それに、みんなに思われているほど、この不良、悪い奴じゃないのかもしれない……。

見た目の怖さから誤解されやすいタイプなのかも、と思うと、親近感も湧く。

なのでわたしは無理をして、出来損《できそこ》ないのガッツポーズみたいに腕をぐっと出し、

「ばっちし」

と虚勢を張ってみたが、慣れないことはするものではない、「馬鹿じゃねえのか」と返された。

「中学生が大人に追い回されて、何がばっちしなんだよ。ばっちし追い回されてんじゃねえよ、いい加減なことを言うな。お前は『少年犯罪は増えていると言われるが、実際には

件数・内容ともに、縮小の一途を辿《たど》っているのだ』ってえ論評か。そもそも、『少年犯罪は増えている』って、今も実際に言われてるのかよって言う」

さすが本家だ、風刺が強い。

あと、悪態をつきながらも、心配は続けてくれていた。

そんな真摯に心配されると、ふざけた分だけ、なんだか心苦しい。

どうしてわたしはこうなんだろう。

「だ、大丈夫だよ。だって、ヒョータくんがさらっと助けてくれたし。きっとそんな危ない人達じゃなかったんだよ。ね？」

「いや、結構ヤバかったよ？」

救世主のはずの生足くんが味方についてくれなかった。

姿勢は逆さのままだが、表情からは笑みが消えている。

「ボクってこれまで、三回誘拐されたことがあるんだけどさ。そんときの犯人ドモに比べても、ぜんぜん見劣《みおと》りしない危うさがあったよ、あいつら」

「きみってこれまで、三回誘拐されたことあるの？」

そちらのほうが危ういだろう。

なんでまだ無事で生きてるんだ……だが、それだけに、生足くんの言葉には説得力があった。それ以前に、わたし自身、彼らを『大したことがない』とは、毛程も思えていないのだが（わたしの髪は長いが）。

考えてると怖くなるので、考えないようにしているだけだ。

そのためにはリラックスしたいと思い、袋井くんに向き直った。

「紅茶淹れてよ」

「なんか、図々《ずうずう》しくなってんな、お前……いいけどよ。ほか、誰か飲む奴」

美脚も美声も美術も、全員手を挙げた。

人気店である。

正確に言うと、美脚が挙げたのは足だったし、美術は軽く指を一本立てただけだったのだが——なんだか美術がハードボイルドだ。

と、そう言えば、リーダーの姿がない。

例によって時間をズラしているのかと思ったが、しかし、それにしては遅過ぎる——一限と二限の間の休み時間は、そう長くはないのだけれど。

わたしに対して無関心そうな天才児くんでさえも、こうして来てくれていると言うのに、肝心要《かなめ》の（まさに要の）団長が来ないなんてことが、あるのだろうか？

「ん？　ああ。リーダーは、我々団員とは違って、小五郎《こごろう》ですからね。現れるのは放課後です」

「小五郎？　ですか？」

ここで小五郎と言えば、もちろん、明智《あけち》小五郎のことだろう。

やっぱり、美少年探偵団というのは、江戸川乱歩の少年探偵団から由来しているようだった——でも、だとしたらリーダーは、明智小五郎ではなく、小林《こばやし》少年のはずだけれど。

まあ、真打ちは最後に登場するという意味での、明智小五郎なのかもしれない。明智小五郎に限らず、探偵役というのは、存外、能力が高ければ高いほど、必然的に出番が減っていったりもするものである。

双頭院くんの能力については、はなはだ怪しくはあるが。

「ええ、なので、放課後までは、我々で我慢してください」

いいえ、十分過ぎます。

むしろあの人、来なくていいです。

このまま引退してもらって結構。

そんなことを考えていると、美食のミチルが、ウエイターさながらに、ワゴンで人数分の紅茶と、茶菓子を運んできた。

美食と言えば、あの『美味《おい》しんぼ』に登場する高級料亭、美食倶楽部《くらぶ》の名の由来が、海原雄山《かいばらゆうざん》のモデルである北大路魯山人《きたおおじろさんじん》が経営した美食倶楽部であることはよく知られているけれど、実は、その命名の更に元になっているのは、なんと谷崎潤一郎《たにざきじゅんいちろう》が書いた小説、『美食倶楽部』なのだそうだ。

文学の力というものを、まざまざと思い知らされるエピソードである――まさか江戸川乱歩も、こんなぶっとんだ連中にまで、少年探偵団の名が伝来することになろうとは、夜の夢にも思っていなかっただろうが。

「はぐうっ！」

「だからお前いい加減にしろよ！　いちいち吐き出すな、紅茶くらいさっと飲め！　最初は嬉しかったそのリアクションも、だんだん腹が立ってきたぞ！」

最初は嬉しかったんだ……。

顔じゃわかんないもんだなあ。

ともかく、おいしい紅茶を飲んだことで、そして、知った顔に囲まれたことで、ようやく、わたしは落ち着きを取り戻せたようだった――この四人に囲まれて落ち着けるなんて、昨夜まで、想像だにしなかったことだ。

まあ、昨夜はむしろ、萎縮しまくっていたし。

わたしは改めて、今朝の出来事を、一同に向けて説明した――両親との交渉には一応成功したこと、登校中に十人近くの、見知らぬ大人達に追い回されたこと、そして生足くんに救助されたこと。生足くんに正面から抱きついたことは秘密にした。

「そうですか……当たって欲しくなかった悪い予感が、的中したという形ですね。学校の中にいる限りは安全でしょうが――」

そんな風に言う咲口先輩。

憂《うれ》いを帯びても、いい声はいい声だった。

生足くんをわたしの通学路に派遣したのは、この副団長なので、ある意味、この事態は彼にとっては想定通りではあるはずなのだが、しかしそれでも、これはまったく、望ましい展開ではないようだった。

「わかんねーな。どうして、そんなことになるんだよ？　瞳島は天体観測してただけだろ。それがなんで、そんな変な奴らに追い回される羽目になるんだよ」

わたしの疑問を、袋井くんが代弁してくれた。

どうして、なんで。

まったくその通りだ——わたしのような、一介の女子中学生を、どんな酔狂に基づいて追い回そうと言うのだ。どう頭をひねっても、『女子中学生だから』という、うぬぼれ気味の動機以外の理由が出てこない。

しかし、たとえそうだとしても、あんな集団ストーカー現象、芸能人でもなければ、ありえないはずだ。

いや、問うべきは動機ではないのか？

美少年探偵団に倣《なら》って推理小説風に言うなら、ワイダニットではなく、クイボノを問うべきなのか——犯行がなぜなされたのかではなく、犯行がなされたことで、誰が得をするのか。

それだって、わからない。

わたしのような、性格の悪い女子を追い回して、得をする人間がいるとは思えない。

「性格は関係ねーだろ」

と、袋井くんが風刺抜きで突っ込んだ。

性格の悪さを否定してはくれないらしい。

だが、それに続けて、

「ナガヒロ。お前には、こうなることが最初からわかっていたのか？」

と、袋井くんは咲口先輩に、すごむようにそう言った。

わかっていたのなら、そもそもわたしを一人にするべきではなかった、という意味合いのようだ——いや、結果論としてはそういうことになるのかもしれないけれど、だからと言ってわたしも、さすがに自宅に男子を連れて、朝帰りをするわけにもいかなかったし。

「ヘリから彼女をおろした時点では、さすがに、ここまでの急展開になるとは思っていませんでしたよ。危険だと判断したのは、調査を始めて以降のことです——指輪くんと一緒に、十年前のことを調べているうちに、とんでもない事実が明らかになったものですから」

とんでもない事実？

今起きていることも、十分、逸脱してとんでもないのだが……十年前？　わたしが家族旅行に行ったときのことか？

「ええ。そのことをこれから、説明させていただきます。お聞きください」

美声のナガヒロは立ち上がり、ここで髪を結んで、さながら大衆に対して演説を始めるかのように、そう切り出した——団長を置いてけぼりに、彼こそが、まるで名探偵のようだった。

14　副団長による謎解き

「東西東西、お立ち会い。

「もちろん、こんなことになるとは思っていませんでしたが——しかし私は、当初から瞳島さんの依頼を受けるに当たって、まったく疑問を持っていなかったわけではありません。

「そこで、順を追って話させていただきたいと思います。昨夜、お話ししたくだりと、いくらか重複《ちょうふく》する箇所も出てくるとは思いますが、なにとぞ、ご寛恕《かんじょ》ください。

「ああ、拍手ありがとう、ヒョータくん。でも静かに聞いてください。そして真面目に聞いてください。足で拍手をされると人は不愉快になるものです。

「星を探す。「リーダーが仰《おっしゃ》っていた通り、何とも美しい依頼です。私も少年として、胸をときめかさずにはいられません――天体に興味を持たない者であっても、一度は考えたことがあるでしょう。

「自分だけの星を見つけ、自ら命名したいと。

「誰のものでもない、自分だけの星を――そして愛する人の名前をつけられたら、男子としてそんな本懐はなかろうと。

「いえ、小学一年生の彼女は関係ないです。黙ってください、ヒョータくん。次に茶々を入れたらペナルティです。

「要するに、私が言いたいのは、星を探すというビューティフルな依頼は、まさしく我々のためにあるような依頼でありつつも、同時に、世界中で取り組まれている、人類にとっての永遠の悲願でもあるということです。

「瞳島さんが、十年間、見つけられない。

「これはわかります。新星など、そうそう見つかるものではありませんから――まして、瞳島さんは、完全に独学で、知識なく闇雲に探していたのです。

「ただ、天体観測は、世界中でおこなわれています――専門家、学者、プロフェッショナル、アマチュア、百家争鳴《ひゃっかそうめい》という有様で、彼らによる新星の発見は、日常的とまでは言わないまでも、それなりの頻度であることではあります。

「宇宙は常に、見張られている。

「監視されている。

「これは換言するところ、いみじくも、瞳島さんが両親と約束した『星探し』は、百万の味方と共に行っている一大事業であるということです——にもかかわらず、十年間、くだんの星は、見つからないまま。

「これはどういうことでしょう？

「ええ、ミチルくん。確かに、当たり前に解釈するならば、そんな星は、元々存在しない、当時四歳の瞳島さんの勘違いだったということになるでしょう——しかし、リーダーがここにいれば、そんな解釈は、まったく美しくないと、実に正しく一蹴されることでしょうね。

「不遜ながら、この私も同意見です。四歳の少女の目撃証言だから採用しないというのでは、探偵業は成り立ちません。

「違います、四歳の少女の目撃証言だから採用しようという意味ではありません。ヒョータくん、ワンペナです。

「あと本気にしないでください、瞳島さん。気持ちはお察ししますが、女生徒にそんな風に見られると、割と傷つきます。

「では、どんな解釈があるでしょう？

「先ほど、『宇宙は常に監視されている』と、私は言いましたが、実はこの表現には、誤謬がありますーーこの構文に含まれる間違いとは、なんでしょう？

「ヒントは今朝方の、リーダーの発言です。

「そう、天体観測がなされるのは、主に夜なのですねーーですから、宇宙が天文学的に監視されているのは、『常に』ではなく、『半日』なのです。

「もちろん、これはざっくりした言いかたでーーリーダーの仰っていた通り、太陽や月の観測は、昼であろうとなされます。

「月食やら、日食やらね。

「私もこの間の金環日食を見に行ったものですよーーえ？　誰と？　誰とでもいいでしょう、そんなの。

「ええ、ええ、婚約者とですよ。何か問題がありますか？

「もちろん、親が勝手に決めた旅行でした。その点、何の間違いもありません。ヒョータくん、ツーペナです。

「いえ、ミチルくん、ここで風刺を効かさないでください。やめましょう、その比喩は公開できません。

「話を戻しますがーーつまり、私があのとき立てた仮説というのは、瞳島さんが星を見たのは、夜半ではなく、お昼の出来事だったのではないかというものなのです」

15　天体観測（昼）

お昼の出来事。

そう言われて、そんな馬鹿なと思う気持ちと、しかし、記憶が一気に、心地よく繋がるような感覚が、同時にわたしの中に、わき起こった——そうだ。そうだった。

てっきり、と言うか。

常識的に考えて、星を見るのは夜だという思い込みがあるから、これまでそんな風に考えていたけれども——だが、十年前のあの日、わたしが海の向こうに星を見たのが、確実に夜だったかと問われれば、ぱっとは首肯《しゅこう》できない。

そもそも、四歳の子供である。

夜間活動がとても苦手な年頃だ——九時にもなれば眠くなってしまうような子供が、果たして夜空を、そんなに長時間、見ていられただろうか。

昨日、中学一年生の生足くんがそうしているのを見ても、危なっかしいという感想を持ったのだ——四歳の子供が、夜の海で遊ばせてもらえたとも思いにくい。

わたしがあの星を見たのは——昼間のことだったのか？

盲点を突かれたと言うよりは、問題の背後を突かれたような感じだが……、では、そもそも、屋上だろうと海岸だろうと、あの星を夜に探そうとしていたことが、的外れだったのか？

十年にわたって的外れなことをしていたのだとすれば、この世にわたし以上の馬鹿はいないということになってしまうけれど……。

「なんか、理屈だな。それって」

と、袋井くんが、慎重な風に言った。

「クイズの答としちゃーまずまずだけど、でも、どうなんだ？　確かに、昼間の空ってんなら、観測者の競争率は格段に下がるんだろうが……、それこそ、月食やら日食やらくらいしか観測できないから、競争率が下がるんだろう？」

ごもっともな指摘である。興ざめするくらいごもっともだ——太陽の強い光の下で、天体観測なんて、そうそうできるものではない。

「そうですね。太陽そのものか、距離の近い月でもない限りは、難しいでしょう」

「もうひとつ。競争率が低いと言っても、ゼロじゃあないはずだ——だって、日本が夜でも、別の地域じゃ、そうじゃないって時差、地域差だってあるだろう。仮に瞳島が、昼間にその新星を見ていたとしても、日本じゃ日中の時間帯でも外国では夜中だった場合、その空はやっぱり、観測される宿命にあるんじゃねーのか？　まあ、角度とか、緯度とか経度とか、難しいことはよくわかんねーけど……」

「いえ、正しい指摘ですよ。ただ、それは、どこからを宇宙とするかにもよります」

「あん？　どこからを宇宙とするか？」

「ええ——定義によっては、宇宙船ではなく、飛行機でも行けるくらいの高度でも、宇宙の範囲には含まれますからね。極論、地球の重力から解放された無重力空間ならば、もうそこは宇宙と言うこともできます」

「ん？」

なんだか、話がややこしくなっていた。

難しいことがわからないという意味では、わたしも袋井くんと大差ない——と言うか、たぶん、学力で言えば、わたしは袋井くんより低い。不良で番長の問題児とは言え、袋井くんはA組で、わたしはB組である。

て言うか、よく考えたら、美少年探偵団のメンバーは、A組ばかりだった……、なにげにこいつら、エリート集団なのか。

いや、双頭院くんは違うと思う。絶対。

「ですから、簡単に言いますと、瞳島さんが見たという星が、地球と極めて近い距離にあったのならば、角度的に、日本以外の場所からは、観測できなかったと言えますし——また、昼間でも月が見えるように、近距離だったからこそ、昼間でも目撃することができたとも言えるわけです」

それは実際には、かなり強引な理屈なのだろうが、しかし美声のナガヒロが、立て板に水の弁舌で語るので、その仮説には、なかなかの説得力があった。

少なくともわたしは、なるほど、と思わされた。

「はーん。激近物件ってわけねー。あれだ、隕石《いんせき》なら昼間でも見えるみたいなもんだ。じゃ、瞳島ちゃんが目撃したのって、隕石だったってこと？　大気圏内で燃え尽きる隕石を、恒星と見間違えたってこと？」

「やっとまともな見識を披露してくれましたね、ヒョータくん。しかし、宇宙から飛来する物体ならば、落下点が日本であれど、そこに至るまでに、やはり、世界各地で目撃されることになるでしょう——ただ、『燃え尽きる』という点に関しては、おおむね正解です」

生足くんに、咲口先輩はそう答えた。

わたしの察しが悪いのか、咲口先輩の思わせぶりな振りに、未《いま》だにピンと来ない——このスピーチの名手は、いったい、何をほのめかしているのだろう。

あるいは、スピーチの名手をして、なお言いにくい結論なのかもしれない——わたしが受けるであろうショックを思うと、おいそれと口にできない証明を、仮説から導き出してしまったのでは。

「咲口先輩」

と、わたしは言った。

こんな風に、わたしごとき一般生徒が、三期連続当選を果たした生徒会長と、この距離で面と向かって話しているという現実を、今更のように、感じながら。

「心遣いには感謝します。ですから、はっきり言ってもらって結構です——覚悟はできました」

定義的な話はさておき、一般的には宇宙空間とはとても言えないような高度にあった物体が、もしもわたしが目撃した星なのだとすれば、それはもう、いわゆる新星ではないのだろう。

いつかあの星に旅立ちたいと願うような、宇宙飛行士になりたいと思うような、そんな夢の対象となるべき星じゃあなかったということなのだろう。

それくらいは察しがついた。

美少年探偵団の探偵活動によって、どんな結論が導き出されたにしても、それがわたしにとって、まったく嬉しくない推理なのだということは、だから、覚悟できた。

何かを間違っていたのだ、きっと、わたしは。

何かを間違え、十年間を棒に振ったのだ。

だからこそ、間違ってもここで、咲口先輩のせいになんてしない——美少年探偵団の面々のせいになんてしない。

どんな結論も、どんな推理も。

間違い続けたわたしの責任として受け止める。

「ですから、どうか言ってください。どうか教えてください——わたしがあの日見たものは、いったいなんだったんですか」

意を決して言った私に、それでも、逡巡する風の咲口先輩だったが、やがて、重い口を開いて、

「星は星でも」

と言った。

「人工衛星です」

人工衛星——ああ、まあ、そんなところか。

落胆しつつも、その極めてリアリスティックな単語に、どこかあっけなく、つまりあっさりと、吹っ切れたような気持ちになりかけたわたしだったけれど、しかし、そこに覆《おお》いかぶせるように、間髪《かんはつ》入れず、

「人工衛星は人工衛星でも」

と。

今日も今日とて、また一貫して寡黙だった天才児くん——美術のソーサクこと指輪創作くんが、ここで初めて喋ったのだった。

「軍事衛星だ」

16　宇宙戦争

普段から喋り慣れていないとは思えないほど、はっきりと、適切な音量で口にされたその言葉は、およそ聞き違えようもなかったけれども、しかしながら、耳を疑わずにはいられないものだった——軍事衛星。

中学生の青春ドラマに、およそ登場していいような単語じゃあない——と思うのは、まるっきり生ぬるい現代感覚なのだろうし、実際には、現代でだって、普通にどこにでもある単語でもあるのだろう。

これはこれでリアルだ。

軍事も戦争も、必ずしも、日常から縁遠いキーワードではない——そんなことは、社会科の授業でだって学んでいる。

だが、それにしたって、あまりにいきなり過ぎた——さっきまでわたし達は、星を探す話をしていたはずだ。

夢見がちで、言うなら面映《おもはゆ》くって子供っぽい、そんなストーリーのただ中にいたはずなのだ——なのに、どうして、そんなリアクションに困る用語に、遭遇しなくてはならない？

おちゃらけた生足くんも、風刺家の不良も、さすがに言葉を失った風だった——そんな爆弾発言をした指輪くんは、それで自分の役割は終わったとばかりに、再び寡黙の芸術家に戻ってしまった。

重苦しい雰囲気が美術室を支配した——それを打破したのは、やはり、美声の持ち主だった。咲口先輩にしてみれば、言いにくい部分を、一緒に調査をしたという後輩が言ってくれたということで、ありがたくもあれば、不覚でもあるのだろう——咳払《せきばら》いをひとつして、

「断っておきますが」

と、切り出した。

「『そのこと』自体は、もう終わっています——私達にはかかわりのない物語として、完全に完結しています——なので、その点、ゆめゆめ誤解なきよう……、心穏やかに聞いていただいて結構です」

そんなことを言われても、何の気休めにもならないというのが、正直な感想だった——いかにスピーチの名手といえど、いい声だろうと美声だろうと、できるフォローには限界はある。心配りはありがたかったけれど、しかし、そんな前置きはいいから、早く本題に入って欲しいとしか思えない——そんなわたしの心中を慮《おもんぱか》ってくれたのか、「では、手短

に」と言う。

「とある民間軍事会社が、独自に、そして秘密裏に開発した、軍事衛星を打ち上げたと想像してください――それは、今すぐに何かに使うというものではなく、あくまでも、実験段階であり、準備段階の衛星です。もちろん、打ち上げそのものを隠蔽《いんぺい》することは難しいですから、慎重に何重にも偽装工作をした上で、別目的をでっちあげ、空へと発射されました――」

見てきたように話すのは、美声のナガヒロの話術だとしても――昨日の今日、どころか、今朝の今で、そこまで辿《たど》り着けるというのは、美少年探偵団の調査能力の高さを示すものなのだろうか。

そんな風に思えれば、幾分は気が楽なのだが――もちろん、それもあるのだろうが、しかし、いいいいいいいいいい、それだけではなかった場合。

すぐに辿りつけた理由が、別にあった場合。

その可能性を考えると、わたしが感じる恐怖は、体内で増殖する一方だった――いや、落ち着こう。

とにかく、最後まで聞こう。

すでに終わっているという、その物語のあらすじを――中学生には、少年少女には本来関わりのない、大人の世界の物語を。

「……まあ、穏やかな話じゃあねーけどよ。武器や兵器の開発自体は、必ずしも違法ってわけでもないんだろ？　許可取ってやる分には」

慎重そうに言う袋井くん。

聞いた当初はわたしと同じように、言葉を失っていた袋井くんは、さすがと言うべきなのか、徐々に冷静さを取り戻してきたようだ。

「ええ、もちろん。だから問題は、彼らは無許可でそれをやったということです——それだけ、後ろ暗いところがあったのでしょう」

後ろ暗いどころか、想像するだに恐ろしい闇がありそうだ。そんな風に思うのも、牧歌的な中学生の短絡的な発想なのかもしれないけれども、しかし、軍事衛星をこっそりと打ち上げるだなんて、ほぼほぼ戦争の準備みたいなものじゃないか——宇宙的ロマンなんて、微塵《みじん》もない。

「ええ、とても捨ててはおけない、恐ろしい話です——なので、頓挫しました」

「頓挫？」

袋井くんが、そのぴんとこない言いかたに眉を顰めた。それを受けて咲口先輩は、「撃墜されたという意味です」と言った。

「撃ち落とされた——それもまた、表沙汰にはなっていない出来事ですが」

「……軍事衛星が打ち上げられて、それが撃ち落とされるとか、なんかもう、それって準備とか通り越して、戦争、始まっちゃってない？　宇宙戦争だ宇宙戦争ー」

ノリこそ軽いが、とてもつまらなそうに、生足くんが言った――いつもにこにこしている生足くんが、そんな風に言うと、それが、この世で一番価値のない出来事のようだった。

確かに、宇宙戦争なんて言葉から想起できるような、不謹慎にもわくわくする面白味とは、まるで無縁だ――起こったことは、ただのパワーゲームである。

「あっ」

と、そこでわたしは気付く。遅蒔《おそま》きながら。

「じゃあ、わたしが見た星って……、つまり、その軍……、衛星が、撃ち落とされたときの光だったたってことですか？」

軍事衛星、という言葉を、ビビって口に出せなかったわたしは、平和主義者なのか、小心者なのか。

とにかく、今更ながらそう言ったわたしに、

「そういうことになるでしょうね」

と、柔らかく咲口先輩は頷いた。

彼が、そのよく通る声で、諭《さと》すように言ってくれるのでなければ、もっとわたしは動揺してしまっていたかもしれない。

だって、ほとんど諦めかけていたとは言え、少なからずショックだ——もっと言えば、目の前が真っ暗になるくらいの衝撃だ。

十年前に、家族旅行で向かった先で見た、輝く星——いつかそこに降り立つことを夢見て、宇宙飛行士を目指した少女。

その少女が目撃したのは、実際には、撃ち落とされる軍事衛星だったというのだから、これは悲劇を通り越して、シュールもいいところだ。

「結果、志半《なか》ばで挫折したその軍事会社は取り潰されることとなりました——当然、二度と軍事衛星を打ち上げることもできず、必然、瞳島さんは、その後、二度と撃ち落とされる衛星を見ることもなかったということです——めでたしめでたし、と言ったところでしょうかね」

まとめるように言った咲口先輩だったが、「いや、ちょっと待てよ、ナガヒロ」と、袋井くんが言う。

「この期に及んで、隠しごとはなしだぜ。そんな事件があったのなら、十年前の出来事とは言え、俺達だって知らないはずがねーだろ。勝手に打ち上げた軍事衛星が撃ち落とされたとか、どう考えても歴史に残るレベルの事件なんだからよ——」

それは、確かに、当然の疑問だった。

わたしのような世間知らずならともかく、風刺家の袋井くんが初耳というのは、おかしな話だ——いくら秘密裏に打ち上げられた軍事衛星だと言っても、撃ち落とすとなれば……。

ひょっとして、撃ち落とすのもまた、秘密裏だったのか？

「そう言えばナガヒロ、誰が撃ち落としたのか、まだ聞いてないけど？」

生足くんの質問——そうだ。

なんとなく、『悪の軍事会社』の暴挙に、『正義の味方』が対応したようなイメージでとらえてしまうけれど、戦争と言うからには、そんなわかりやすい構図のはずもない。

パワーゲームである。

「もしも、外国の軍隊によって撃墜されたんだとすれば、国際問題ゆえに、隠蔽される——なんてことも、あるのかよ？」

畳みかけるように追及する袋井くんだった——彼としてはそれでも随分、踏み込んだことを言ったつもりだっただろうけれど、しかし、それでも、まだ踏み込みは浅かった。

実際、それだけだったならば、今時分のことである、隠蔽するよりも、むしろおおっぴらに公開されるほうへと、事態は流れるだろう。

もしも、それ以上の、あるいはそれ以下のことがあったのだとすれば——くそう、こういうときは、自分の、墨汁のように暗い性格が恨めしい。いや、暗い性格が恨めしくないときなんて、人生には一瞬たりともないけれど、想像が、悪いほうへ、悪いほうへと向いていく。

衛星を打ち上げた側だけではなく。

衛星を撃ち落とした側にも、隠蔽したい理由があったとすれば――最悪のバッドエンドを、考えたくもないのに、手順通りにあっさりと思いついてしまう。

そうだ、わたしが目撃した光が、撃墜された人工衛星だったとして、だ。

普通に考えれば、それは、大気圏に突入して、燃え尽きる機器を捉えたということになるのだろうが――そうではなく、文字通りに、軍事衛星が撃墜される瞬間の光だったのだとしたら？

爆破される衛星の姿を、わたしの目が見たのだとしたら――

「え？　そりゃおかしいでしょ、瞳島ちゃん。いくら低空飛行の激近物件とは言え、一応は宇宙空間だよ？　人工衛星が浮いているってことは、無重力ってことで――つまり、酸素がないんだから。小学校で習ったでしょ、酸素がなければ物体は燃焼しない――」

生足くんも、言いながら気付いたようだった。

そうだ、それは小学校では、習わない。

酸素がなかろうと、宇宙空間であろうと、そんな些事《さじ》とは無関係に起こる、例外的な燃焼現象がある――核融合だ。

核による撃墜――これは、表沙汰にできない。

軍事衛星どころの騒ぎじゃない。国際問題を通り過ぎて、世界中がひっくり返りかねない、暴挙を越える大暴挙だ。

「……それもそれで、実験だったのでしょうけれどね。要するに、非合法に打ち上げられた軍事衛星ならば、非合法の手段で実験的に撃墜したところで、まあ文句は言えないだろうし、隠匿《いんとく》しうる事案だという判断が、どこかでなされたのでしょう。そして、その目論見は、おおむね成功した——何事もなかったように、誰にも知られることなく、ひっそりと事件は終結したのです」

「だから、無理矢理まとめるように言っててんじゃねーよ、ナガヒロ——お前にあっさり、バレてんじゃねーか。お前とソーサクに」

袋井くんにそう言われ、「そうですね。一番の問題は、そこなのかもしれません」と、咲口先輩は認めた。

「調べればわかってしまう程度のことだったんですよ、これは——もちろん、簡単だったとはいえませんし、ソーサクくんのバックボーンがあってこその調査ではありましたけれど、断片的に散らばった情報を、繋ぎ合わせる勘さえあれば、これは辿り着ける結論なんです」

だから危険なんです——と、咲口先輩。

「何かきっかけさえあれば、容易に届いてしまう爆弾のような秘密——そうなると、そのきっかけを有する目撃者こそ、危険人物ということになってしまいます」

きっかけを持つ目撃者。

それは言うまでもなく——わたしのことだった。

17　目撃者

なんということだろう。

美少年探偵団の風変わりな面々を、さんざん危険人物呼ばわりしていたこのわたしが、よもや、本物の危険人物に指定されてしまおうとは——たちの悪い冗談のようではあったが、しかし、今朝、わたしが正体不明の大人達に追われたことは、まぎれもない事実である。

あの大人達は、果たして何者なのか？

それはまだわからない。

けれども、わたしが十年前に見た光に、そこまでの凶悪な意味合いがあったのだとすれば、あんな風に、大人が本気になって追ってくるのも、わかろうというものだった。

少なくとも、わたしの女子中学生としての魅力に、そこまでの値打ちがあったと想定するよりは、よっぽど得心がいく。

生足くんいわく、誘拐犯に匹敵するほど危険な連中。

そう思うと――今朝、逃げ切れたのは、本当の本当にラッキーなだけだったのだと、今更のように思い知る。

だけど、どうして今になって……。

わたしがかの星を見たのは、もう十年も前の出来事だというのに。

終わった話じゃないか。

「その点については、我々も責任を感じずにはいられませんね――私達があなたを、あの海岸に連れて行ったことが、何らかの引き金になったことは間違いないでしょうから」

咲口先輩は、本当に申し訳なさそうにそう言った――なるほど、それが原因の、少なくともひとつであることは、確かだろう。

しかしそれは、裏を返せば、今朝のようにぴったり尾行されていたということはなくとも、わたしの動向は、ずっと前から見張られていたということでもある――最長で十年前から、ずっと監視されていた。

見当外れにも観測を続けるわたしは、照準を合わせて監視され続けていて――昨夜、美少年探偵団の助力を得て、最後の夜にして初めて、真相に少しだけ肉薄した。

それが――トリガー。

「そうなると、むしろ今朝は、逃げないほうがよかったのかもしれないねー。とぼけて、なんにも気付かない振りをして、尾行にも気付かない振りをして、普通に登校してれば、それでよかったのかも」

生足くんの指摘は、口調とは裏腹に、鋭く、厳しかった——そうだ、わたしは気付くべきではなかったし、逃げるべきではなかった。

あくまで自然に、あくまでも間抜けに振る舞っていればよかったのだ——わたしが逃げたから、彼らは大挙して、群れをなしてあんな風に追ってきたのだろうが、あれでお互いが、お互いの存在を認識してしまった。

始まってしまった。

取り返しがつかないくらいに。

「……わたし、どうなるの?」

さらわれる? ……消される?

まさか。そんな映画みたいなこと。

だけど、起こったことは、映画どころじゃない。

絶対に表沙汰にできないような出来事の目撃者になってしまった——何をされても、どうなっても、不思議じゃあない。

「わたし、どうなるの?」

繰り返してしまった——情けない。

普段、あれだけ突っ張って、意地を張って、虚勢を張って生きているひねくれ者の癖に、こういうときには、助けを求めるような響きを帯びた声を挙げるなんて——もっと言えば、媚《こ》びるような。

何を守ってもらおうとしているんだ。

この人達は、本来、無関係じゃないか。

無関係どころか、そもそもはわたしは、ほとんど八つ当たりみたいに、こいつらを巻き添えにしてやれとばかりに、この人達に依頼をしたことを忘れてはならない。

「どうにもならねーよ」

と、袋井くんが言った。

そうだ、ぶっきらぼうに、そんな風に突き放されても仕方がない——

「俺達が一緒だからな。何事も起こらねーし」

「え」

「違うか？　ナガヒロ。相手がなんだろうと、関係ないよな？　俺達だし」

「……ええ、もちろんです」

ずっと神妙な顔をしていた咲口先輩が、ここでようやく笑みを浮かべた。

いつもの生徒会長の、頼り甲斐のある笑顔だった。

「大人の事情がどうであろうと関係ありません——私達は、少年です」

生足くんも、天才児くんさえも、その笑みに対して、それぞれの笑みで応える――なんなんだ、この人達は。

なんでこの状況で笑っていられる？

美少年探偵団。

やっぱりわたしなんかとは違う、スケールの大きい特別なキャラクター達なのか――と、いつも通りに性格悪く、卑屈なまでにそんな風に思う一方で。

駄目だ、嬉しい。

一緒にいてくれることが、嬉しい。

味方でいてくれることが、嬉しい。

わたしも自然、にやついてしまう。

笑っている場合じゃないというのに、わたしも笑わずにはいられなかった――まったく、気持ちの悪い女の子である。

「……現実的には、警察に連絡すればいいのかな？　怪しい人達につけ回されて、誘拐されそうになったって」

ともあれ、ようやく頭が回るようになってきたわたしが、そんな風に提案すると、

「どうでしょうね。ことがことだけに、警察も向こう側という可能性もあります」

咲口先輩は、ソファにようやく腰をおろして、そんなことを言う――袋井くんに、「紅

茶のお代わりをお願いします」と要求しつつ。

「そうでなくとも、鼻で笑われておしまいかもな——十年前に、軍事衛星が核で撃ち落とされるのを目撃しました、なんて言っても、とても信じてもらえるとは思えねーぜ」

言われるがままに、ティーポットに足し湯をしながら、袋井くんが言う——手さばきが熟練している。

「証拠があるわけじゃないんだろう？　あくまでも、あるのはお前の証言だけだ——それに敏感に反応するのは、後ろ暗いところのある当事者くらいのもんだろう。……ま、実際にお前が誘拐されて、行方不明にでもなったら、事件扱いにはなるだろうけど」

そんなことにはならないわけだし、と付け加える——不良生徒ゆえなのか、なんとなく、警察機構の動きに、彼は妙に場慣れしている雰囲気もあった。

袋井くんだけじゃない。

生足くんも、咲口先輩も、天才児くんもそうだ。

彼らがこれまで、どんな事件を担当してきたのか、今更ながら気になった——この規模の事件となると、さすがに滅多《めった》にあることではないのだろうが、しかし彼らにしてみれば、ひょっとするとまるっきり初めてというわけでは、ないのかもしれなかった。

……事件簿とか、まとめてないだろうなあ。

個性豊かなメンバーが揃っているけれども、そのせいで、語り部《かたりべ》タイプがいないもんな。

そんな馬鹿なことを考えていると、

「証拠がないなら、作ればいいんじゃない？」

と、生足くんが言った。

「十年前のことは証明のしようがないとしても、少なくとも、瞳島ちゃんが今朝、追い回されたことは本当でしょ？」

「う、うん」

今思い出しても、怖い体験だった。

だけど、それが、どう証拠になるのだ？

証拠を作ると言っても、今朝のことだって、証拠として残っているわけじゃないし……。

「だからさ、あいつらのうち、一人でも、逆に捕まえることができたなら、それは生きた証拠になるわけじゃない――あいつらがことの当事者ってわけじゃないんだろうけれど、芋蔓《いもづる》式に、大ボスのところにまで辿り着けるかもしれないよ？」

「おお……」

思わず、感嘆の声をあげてしまった。

シンプルではあるが、発想の転換である。

追い回してくる連中を、逆に捕まえようという考えかたはなかった——天使のような外見から、マスコット担当に見えたり、あの脚力から、機動担当に見えたりする生足くんだが、プランニングにも一役買うらしい。

「女子中学生を追い回した変質者のそしりを受けるくらいなら、あっさり真相を吐露するんじゃないのかなー。くっくっく」

……しかも邪悪だった。

まあ、でも、それも、リアルだろうな。

犯罪に格なんてあるまいが、それでも、品格はあるだろう。

「ねー、ナガヒロ？」

「ロリコンの話柄《わへい》について、私の同意を求めないでください。私には一切関わりのないことです——その発想自体はイキですが、とは言え、危険な作戦ですね。二重尾行は当然、警戒されているでしょうし——武装している可能性もありますしね」

武装……。

まさか拳銃を持っているとは思えないけれど、それだって、保証の限りではない。だって既に、核だなんて、恐ろしげな言葉が出てきているのだ。

最悪の事態は、いくらでも起こり得る。

命まで取られることはないと思いたいけれど——武器を使えば、たとえそのつもりはなくとも、そういう結果を迎えてしまうこともあるだろう。

「それなら、俺にやらせろよ」

と、袋井くんが、人数分の紅茶をテーブルに配置し終えて、静かに言った。

「暴力沙汰なら、俺の得意分野だ。こういうときのために、俺はここにいるんだろう」

その発言の響きに、ぞくっとした——頼もしい発言なのかもしれなかったけれど、しかし、そう受け取るには、それはあまりに、堂に入っていて。

怖さよりも、危うさを感じた。

破滅的で、退廃的で。

美しさとはほど遠く。

学外までその名を轟かす不良生徒、袋井満の台詞としては、あつらえたように相応《ふさわ》しいものではあったのだろうが、それでも、どこか受け入れがたいものがあった——いけない、変な間が生じてしまう。感じた気持ちが、そのまま表情に出てしまう。

それでも、なすすべもない無力なわたしが、どうすることもできずにいると、

「いいや、お前がここにいるのは、お前の作る料理がおいしいからだ」

と。

美術室の扉を優雅に開けて、美少年探偵団団長・双頭院学が登場した。

「安心したまえ、諸君。僕に秘策がある」

18　秘策

　放課後まで登場しないと言われていた双頭院くんの、出トチリのようなタイミングでの来訪は、美術室の空気を一気に弛緩《しかん》させた——それは場違いでもあっただろうし、しかし同時に、もっとも欲しかった救いでもあった。

　と、そのとき、二限開始のチャイムが鳴った。

　休み時間が終わってしまったわけだ。

「ふむ。では、いい子組は授業に向かいたまえ。今すぐ走れば遅刻扱いにはならないだろう。秘策は、悪い子組で進めておく」

　あとから来ておいて、まったく臆することなくそんな風に仕切る態度は、まさしくリーダーのそれだった——言われて、咲口先輩と袋井くんが、ソファを立つ。

　……優等生の咲口くんは当然としても、袋井くん、いい子組なんだ。

　そして生足くんと天才児くんは、悪い子組らしい——どうにもわからない価値観である。

　わたしはどちらに属するのだろうとあたふたしてしまったけれど、

「瞳島眉美くんは当事者なのだから、よしあし別で残ってもらわないと困るぞ？」

と、双頭院くんに止められた——かくして美術室には、わたしと双頭院くん、生足くんと天才児くんが残る。

なんだかメンバーチェンジがおこなわれ、部屋の雰囲気ががらっと一変してしまった感じだ……。

無口な天才児くんはともかく、双頭院くんと生足くんの雰囲気が明るい、というか、有《あ》り体《てい》にいってチャラい方向性なので、どこか明るくなった。

「そ、双頭院くん……、事情、わかってるの？」

「はっはっは。心配するな、話はだいたい聞かせてもらった」

ドアの外で控《ひか》えてでもいたのだろうか。

盗み聞きは美しくないと思うが。

「ナガヒロがロリコンだという話だろう？」

「ぜんぜん聞いてないじゃない」

しかも関係ないところだけ聞いている。

「まあ、これでも急いでかけつけたものでね。できれば説明してくれると助かる」

意外と素直にそう頼まれて、もちろん咲口先輩がしたように、弁舌さわやかにとはいかなかったが、わたしなりにまとめて、現状のあらましを双頭院くんに説明した——自分の口で説明してみると、こんな荒唐無稽なストーリーラインもない。よくまあ咲口先輩は、真面目な顔でこんな話ができたものだと、感心する。

「ふうむ。つまり、新星はなかったということか——それはとても残念だな」

聞き終えた双頭院くんは、本当に残念そうに唇をとがらせて、拗《す》ねたようにそう言った——子供っぽいと言えばそれまでの反応だが、しかし、軍事衛星だの何だのの話を聞かされてもなお、未だ当初の目的を見失わず、新星についてのみこだわるのは、子供っぽさとは違う何かのような気もした。

少年らしさ——なのか。

いや、美学か。

美学のマナブ——その通り名はファーストネームだけに由来するものではないらしい。だが、そうなると俄然、彼の考える秘策とやらに興味が出てくる——学はなくとも美学はあると言い切る彼は、どんなアイディアを披露してくれるつもりなのだろう?

怖いもの見たさでもあるが……。

「なに、心配せずとも、そう奇抜なことをするつもりはない。わざと奇をてらうというのは、派手ではあっても美しいとは言えない行為だ。なので、基本的には、ヒョータが考えた作戦を踏襲する——瞳島眉美くんを追い回す謎の大人達の一人を捕らえて生きた証拠とするというのは、実に冴《さ》えた方法ではないか」

「へへへ」

誉められて、悪い気分ではなさそうな生足くんだった——リーダーの前では意外とおとなしいな、この子。

猫をかぶっているとも言える。

「で、でも問題は、それだって簡単じゃないってことでしょ？　当然、向こうもそれを警戒しているでしょうし……、仮に、わたしが囮《おとり》になったとしても」

「囮？　そんなことはしない。美学に反する」

双頭院くんは言う。

「むしろ逆だ——連中に、きみを見失わせる。ターゲットである瞳島眉美くんを見失って、連中があたふた動揺したところを押さえようというのが、僕のアイディアだ」

なるほど、真っ当だった。

真っ当過ぎて、拍子抜《ひょうしぬ》けするくらいだ——だけれど、その策の問題は、どうやってわたしを見失わせるかということである。

自宅の住所がバレていたのだ、当然、わたしの通う学校なんてとっくに割れているだろうし、校門も裏門も、蟻の這い出る隙間もないほどに見張られているに違いない。警備員さんがいるし、さすがに校内にまでは這入って来ないはずだが……、この分じゃ、放課後になっても、わたしも学校から出て行くことができない。

「あはは、その気になれば、この美術室でしばらく暮らすこともできるけどねー」

生足くんの言う通り、天蓋つきのベッドまであるこの美術室では、まず生活に困ることはないだろうが――むしろ自宅よりも快適に過ごせそうだ。

専属のコックもいるし。

ただ、あのコックの作る料理は、全部吐き出してしまうというのが辛いところだ。

「ふっ。瞳島眉美くん、我々を誰だと思っているのだ」

わたしとしては八方ふさがりの気分だったが、双頭院くんはしたり顔でそう言った――味方のはずなのに、腹の立つしたり顔だ。

知らないよ。誰なんだよ。

「しっかりしたまえ、美少年探偵団だよ。美少年探偵団団則、その3――探偵であること。そして瞳島眉美くん、探偵と言えばなんだ?」

知らないよ。何なんだよ。

「探偵と言えば変装に決まっているだろう。かのシャーロック・ホームズ氏も変装の名手で、あの長身でおばあちゃんにまで化けていたのだぞ?」

それは確か突っ込みどころだったはずでは。

北斗の拳みたいに突っ込まれる奴だ。

だいたい、明智小五郎ではなかったのか？　いや、明智小五郎も、変装したことはあったっけ……。

「じゃあ、探偵と言えば変装なのは、百歩譲って認めるとして、それがどうしたの？　双頭院くんが変装しようってこと？」

「それくらいは百歩譲らずとも認めてほしいところだが、しかしまあよい。僕がここで変装する必然性などあるまい——何を他人事《ひとごと》のように言っているのだ、瞳島眉美くん。変装するのは、きみに決まっているだろう」

「わ、わたし？」

「そう。きみが変装して、尾行者達の目を欺《あざむ》くのさ。出番だぞ、ソーサク！」

高らかに言うと、双頭院くんはぱちん、と指を鳴らした——それと同時に、待ってましたとばかりに、指輪くんが立ち上がった。

美術のソーサクが。

「仕上げろ」

端的な指示に、頷く指輪くん。

仕上げられるの？

19　美少年探偵団の美術班

仕上げられた。

「こ、これがわたし……？」

持ち出されてきた姿見の前で、わたしは呆然となる。

鏡面の向こう側には、これまで一度として見たこともないような、今後も見ることがないだろう、さながら絵本の中から抜け出してきたかのような、見目麗《みめうるわ》しい——美少年がいた。

ショートヘアのウィッグをかぶせられ、男子用の学生服を着せられただけと言えば、それだけなのだが——ぜんぜん違う人物像に仕上がっていた。

一仕事終えた美術のソーサクも、わたしの隣で、珍しく満足げだった。

いや、それもそのはず。

厳密に言えば、化粧を施されたり、眉を整えられたり、キツキツのコルセットを着せられたり、細やかなアクセサリーの配置だったり、あとは肌やら爪やらの手入れだったり、あれこれ色々とされていて、今のわたしの全身に、彼の手が入っていない場所なんてないのだ。

正直、裸同然の姿も見られたし、髪も身体もデリケートな部位をあちこち触られたし、女子としての尊厳は粉々に破壊されるレベルの屈辱を味わわされたけれども、しかし、誤解を恐れずに言うならば、天才芸術家の手で芸術品みたいに扱われるのは、そこまで悪くなかった。

結果仕上がったのが、こうもひとかどの、こうもいっぱしの美少年だと言うのならば、尚更と言うか、何をか言わんやである。

「美形は嫌いなんじゃなかったの!?」

わたしが『作られている』間、美術準備室のほうに隔離されていた生足くんに、からかうように言われて、わたしははっと我に返る。

「き、嫌いよ。だいっきらい。うわー、やだわ。こんな風にされてしまうなんて。今だって姿見叩き割りたいもん。でも命には替えられないもの、今日だけは我慢する。だから明日までにメイクの方法を紙に書いておいてください指輪くん」

意地を張り切れなかった。

こんな美少年の容姿で、性格の悪い女子でい続けるのは無理だった。

形から入るならぬ、美形から入ると言ったところか。

「いやいや、素材がよかったんでしょ。いや、ボクは最初から気付いていたよ、堂島ちゃんの魅力に」

本当かな?

きみが見ていたのは、主にわたしのスカートの中だったと思うのだが。

「欲を言うなら、足を出すべきだね。そのスラックスを、付け根の部分でカットすべきだ。ポケットの裏地が、裾《すそ》から覗くくらいに」

それは勘弁して欲しい。

女子姿のときでも穿いていないショートパンツを、なぜ男子姿になって——食い込みを直しながらアドバイスをするな。

美術のソーサクというのは、テレビ番組制作の美術班みたいな意味合いもあったのだろうか。変装用具と言うか、衣装と言うか、そういうのも一式、靴まで揃っていたし——探偵といえば変装というのも、あながち、はったりでもないらしい。

そんなことを思いつつ、改めて、わたしは姿見に向き直る——この姿見自体、美術館というより博物館に展示されていそうなほど、かなりの骨董品じみているのだが、そこに映るに相応しい、いつまでも見ていたくなるような美少年が、そこにいる。

ナルシストの語原であるナルキッソスが、自分の映る水面に飛び込んで溺死《できし》したなんてエピソードがあるが、それと同じように、鏡にダイブしたくなる。

だけどダイブしたら鏡が割れてしまう！

美少年の姿が砕けてしまう——この二律背反！

そんな誰かさんみたいな自己愛ぶりを発揮しつつ、全身全霊でその身投げの衝動をさておいて……、なるほど、もうこれは、わたしではない。

この美少年を見て、瞳島眉美だと気付く奴はまずいまい——誰にはばかることなく、何の問題もなく、大手を振って、学園の外へと出て行くことができるだろう。

目論見通り、正体不明の尾行者達の、意表をつくことができるだろう——そんな風に考えたとき、

「これでは、いかんな！　とてもいかん！」

と、大きな声で、双頭院くんが言った。

気付けばわたしの後ろに立って、腕を組み、彼はとても難しい顔をしていた。

「え……？　な、なにがいかんの、双頭院くん？」

わたしはびっくりして、振り返る。

こんな絶世の美少年の、何が不満だと言うのだろう。彼の美貌に文句があるというのだったら、わたしが相手に——いや、彼はわたしなのだった。

わけがわからなくなっているわたしを相手にはせず、双頭院くんは指輪くんに向かって、

「美し過ぎるよ、ソーサク！　いつも言っているように、腕がよ過ぎるのが、お前の最大の美点であり唯一の欠点だ。その溢れかえる才能を少しは抑える技を身につけてくれ」

と、窘めるように言った。

どういう窘めかただ。

当の指輪くんは、どこ吹く風である——芸術の追求以外に興味はないらしい。

とことん尊敬されていないリーダーだなあ。

「具体的にはどういうこと、リーダー？」

生足くんが訊くと、

「だからあ」

と、今度は困ったように言う。

どうも、これはこれで、リーダーは本気で途方に暮れているらしい。

「僕達みたいな一癖《ひとくせ》もふた癖もある美少年ならばまだしも、こんな正統派の美少年が、隣に女子も連れずに下校していたらおかしいだろう。ん、なんだ、どうしてあの美少年は、ああも美しいのに、女性を連れていないんだと、却《かえ》って目を引いてしまうよ」

双頭院くんが、自分達を一癖もふた癖もあると自覚していたというのは、なんとも言えないハッピーニュースだったけれど、それはともかく、その意見には一理あった。

いや、普段のわたしだったら、何を馬鹿なことを言っているんだと双頭院くんの指摘を一笑に付したところだろうが、彼（わたし）の美しさの虜《とりこ》になっている今のわたしにとっては、反論の難しい意見である。

こんな美少年が一人で、あるいは同性のグループだけで下校していたら、何か裏があるんじゃないかと、訝《いぶか》しく思われるに決まっている。

しかし、ならばどうすればいいのだろう。

だからと言って、数少ない女友達を、こんな事件に巻き込むわけにはいかない――頼めば、一緒に下校くらいはしてくれるだろうけれど、危険にさらすことになるかもしれないのだ、おいそれと頼めたものではない。

友達じゃない女子なら尚更だ。

かと言って、美少年探偵団は、『少年であること』を規範としている組織だ——女子の団員はいないだろう。

「やれやれ、まったく、仕方がないなあ。メンバーの不出来ならぬ上出来をフォローするのも、リーダーの務めだ。僕がひと肌脱ごう」

と、双頭院くんは言って、文字通り、学生服を脱いだ。

「必然性が生まれた。もう一仕事頼むぞ、ソーサク！」

20　ベストカップル

そして放課後。

世紀の美男子と絶世の美少女のカップルが、指輪学園中等部から下校するのだった——はばかりながら、世紀の美男子というのがわたしであり、そして言いたくはないけれども、絶世の美少女というのが、双頭院くんだった。

芸術家の仕事である。

大まかに言えば、彼も彼で、ウィッグをつけて、女子用の制服を着ただけなのだが——わたしと違って、別人になったというほどに変貌を遂げたわけではないのだが、それでも、その仕上がりは、完璧の一言だった。

それこそ、素材がいいと言うのか。

素材を活かす形での変装だった。

ただ綺麗なのではなく、ただならぬ気品を漂わせている——そこまで特徴的ではない、いわば一般的なデザインの女子の制服を、彼女は、いや彼は、いやいややっぱり彼女は、まるでドレスのように着こなしていた。今や定番のストッキングも、生足を隠す以上の効果を生んでいる。

女装するのであれば、生足くんがしたほうがいいのではないかという当然あるべきシンプルな思考を、根底から覆す完成度の高さだ。

天才児くんだからこそそうはならなかったが、凡百《ぼんぴゃく》の芸術家だったならば、こんな作品を作り上げてしまったら、そこで引退を決意しかねないレベルの美しさだった。

……ちなみにその生足くんは、わたしがさりげなく振ってみたりもしたのだが、女装を拒否した。してなくとも女の子みたいな顔立ちなのだから、むしろ進んでしそうなものだったけれど、察するに、何か余人には立ち入ることのできないトラウマがあるらしい。

まあ、彼は彼で面が割れているので、変装するにしても、わたしの隣にはいないほうが

よ」

「……定番ではあるんだけれども、シリーズ一作目から女装したのは、きみが初めてだよ」

「ん？　何か言ったかね？」

いえ何も。

変装の技術は、言うなら双頭院くんのものではなく、指輪くんのものなので、見た目は完成していても、演技力は皆無《かいむ》というか、声質や口調は、双頭院くんのままだった。

それはまあ、わたしも同じだが。

とは言え、しずしずと歩く双頭院くんの姿は、まさしく『歩く姿は百合《ゆり》の花』だった——小柄なので、中学生のカップルとしては身長差も丁度いい感じだ。そして双頭院くんは、さりげなく、密着しない程度に、わたしの腕を取った。

男子に腕を組まれるなんて！

という気持ちがまったく出てこない、ごく自然な、上流階級の腕の取りかたである——これを振り払うなんて紳士にあるまじきことだと、自らを律する気持ちになる。

いや、こちらも紳士じゃないんだけども。

色々立場が逆転している（眉美と双頭院とともに）。

双頭院くんが完成し、隣に並んだことで相対化されたというのもあり、あとは単純に、放課後になるまでの待ち時間で（授業は結局、一日全部サボった。悪い子組と一緒に）、多少は慣れてきたというのもあって、少しは冷静になってみると、これはこれで、悪目立ちしてないかという疑問もわいてくる。

悪目立ちというか、普通に目立つ。

おばあちゃんに変装したホームズさんの話じゃあないけれども、こんなベストカップルが下校していたら、尾行者はともかく、在校生がざわついてしまう。

誰だあいつらはという話になるだろう。

そう思うと、自然、早足になってしまいそうだったが、そこはそれ、わたしの腕を取った双頭院くんの歩調にあわせざるを得ない。

エスコートする紳士として、ペースは女性に合わせなければ——じゃないってば。

ともかく、わたしと双頭院くんは、学校から外に出たのだった——ここから先は、誰に、どこから見られているかわからないので、さすがに緊張する。

わかっているのは、美少年探偵団のメンバーが、こんなわたしを、後ろから見てくれているはずということだけだ——指輪くんと咲口先輩、袋井くんと生足くんが、二重尾行の準備に入ってくれている。

四人はそれぞれ、朝わたしを追い回した連中の、似顔絵を手にしている——わたしと生足くんの証言から、指輪くんが描いた似顔絵である。

とにかく寡黙で、美術室では存在感を消しているけれど、美少年探偵団の中で一番探偵らしい技量を持つのは、どうやら指輪くんらしい——正直、宝の持ち腐れ感もあるが、これはこれで適材適所という気もする。

ちなみに放課後、美術室に戻ってきた袋井くんは、変わり果てたわたしの姿を見て、

「何やらされてんだよ、お前は。断れよ」

と、たとえも風刺も抜きの、普通のコメントを出した。

「変装だからって、別に一足飛ばしに男装までする必要はねーだろ」

そりゃそうだった。

ただ、そこは芸術家の強いこだわりがあったのだろう。

「ったく。お前がそんなんになったら、こっちは立つ瀬がねーぜ」

意味はよくわからなかったが、まあ、誉め言葉と受け取っておこう——双頭院くんのほうへはノーコメントだったところを見ると、美少年探偵団の面々がリーダーの女装姿を見るのは、これが初めてではないのかもしれない。

咲口先輩は、生足くんから、「ナガヒロの彼女も、将来、こんな感じになるんじゃない？」と冷やかされていたけれど。

いい加減、ちょっと気になってきた。

どんな小学一年生なのだろう。

将来、こんな女性になるというのであれば、かなり有望な婚約者だが——さておき、わたし達は、決して急ぎ過ぎず、さりとて足を止めることなく、通学路を歩く。

そんな場合でもないのだが、別人になって外を出歩くというのは、変な気持ちというか、ちょっと楽しいものがあった。

いや、実際、そんな場合では、ぜんぜんないのだ。

遊んでいるんじゃあない——危険のただ中にいる。

わたしだけではなく、双頭院くんも、である。

「……ねえ、双頭院くん。質問してもいい？」

「その質問が、美しければ」

なんだその受け答えは。

美しいかどうかはわからなかったけれど、わたしは構わずに、質問した。

「どうしてここまでしてくれるの？」

これは、昨夜、袋井くんにした質問と似てはいるけれど、しかし、まったく違う意味だった——袋井くんにわたしが（皮肉を込めて）訊いたのは、美少年探偵団がどこまで本気なのか、だった。

それはもう、するまでもない質問だ。

彼らの本気は、もはや疑うべくもない。男装させられたり、女装したり、なんだか文化祭じみた悪ふざけもいいところだけれど、しかし、本気でなければ、ここまではできまい。

ただ、だからこそ、訊きたい。

どうしてそこまで、本気になってくれるのか——

「真相がどうあれ、わたしが十年間探していた星なんて、どこにもないことは、はっきりしたのよ。双頭院くんが美しいと言ってくれた依頼は、もう絶対に達成できないわ。ここから先は、双頭院くん達にとって、リスクしかない……だったら、ここで撤退するのが、あなた達美少年探偵団にとって、賢いやりかたなんじゃないの？」

「ふむ？　思いつきもしなかったけれど、それは確かに、賢いやりかただね」

双頭院くんは、ぽんと手を打った。

いや、このくらいのことが思いつきもしないって、どんな探偵だよ。

学がないとかじゃなくて、このヒト、単に何も考えていないだけなのではないだろうか——そして何も考えていない探偵は、何も考えないままに、

「だが、そのやりかたは、美しくない」

と、賢明なるアイディアを言下に否定した。

「…………」

「僕の美学に反する。安心したまえ、瞳島眉美くん。僕達は、守秘義務は守らないが、依頼人は守るのだよ」

いや、守秘義務も守れ。

ただの口の軽い奴らじゃないか、安心できるか。

美少年ならぬ美少女からそんなことを言われて、わたしは得《え》も言われぬ気分になった

――恥ずかしいと言うか、情けないと言うか。

綺麗に仕立ててもらって、ガワだけ美少年に仕上げてもらっても、やはりわたしの中身は、わたしでしかないのだ。

見た目なんて、見た目でしかない。

わたしは卑屈で、意地悪で、根暗なひねくれ者――

「……まるで、シンデレラよね」

「うん？」

「ほら、よく言われるじゃない。シンデレラは、魔法使いのお婆《ばあ》さんの魔法でドレスアップされて、舞踏会で王子様に見初《みそ》められて、忘れ物のガラスの靴を手がかりに王子様に探してもらって、お姫様になって――自分では何もしていない、受け身のプリンセスだって」

自分をプリンセスになぞらえるのもなんだし、それこそ、プリンセスみたいな雰囲気の

双頭院くんに、こんな話をするのもなんなのだが。

「僕はシンデレラが何もしていないとは思わない。意地悪な継母《ままはは》の下で彼女が耐えた苦難の日々は、報《むく》われるに十分足るものだ。報われないほうがどうかしている」

昔話にかこつけた、ただの愚痴《ぐち》のつもりだったのだが、思いの外《ほか》真面目な答が返ってきた。

「同様に、きみが十年間、星を探し続けていた日々も決して、無駄ではない――それゆえに出会えた、僕達が決して、無駄にはしない。きみは必ず報われる。たとえその星がなくとも、だ」

「………」

気を遣って言っているのでもなく、慰めのつもりで言っているのでもないのも、はっきりしていた――そんな神経は、双頭院くんにはない。

これは、ただの本音で。

そしてまた、本気でしかないのだった。

「ちなみに、シンデレラの物語について更に言うなら、どうして夜の十二時を回った段階で、ドレスやカボチャの馬車の魔法は解けたのに、ガラスの靴だけは消えてなくならずに残ったのかという疑問が呈《てい》されることもあるが、僕に言わせれば、そんな愚問はなかなかない」

「そ、そう？　それは、わたしも昔から、結構不思議な点だったんだけれど」

まあ、矛盾《むじゅん》と言うほどでもない、伝承される昔話にはありがちなご都合主義なのだろうが——しかし、美学の主の答は違った。

彼はこう喝破《かっぱ》した。

「そんなもの、フェアリーゴッドマザーの粋な計らいに決まっているではないか！　ドレスアップされただけで、馬車に乗せられただけで、そんなガワだけ飾られただけで、華やかなお城の舞踏会に乗り込んだシンデレラの美しき心意気に、ご褒美《ほうび》がなくて、いったい何が魔法なのだね？」

21　作戦失敗

双頭院くんは、今、見返りのないリスクを冒している——けれど、本当の意味でリスキーなのは、双頭院くんでも、わたしでもなく、尾行者を捕らえようとしている、後方部隊の四人のほうだろう。

言ってしまえば、わたし達の任務は、無事に包囲網を抜け出すという、ただそれだけ——実際に、正体不明の大人達と接することになる彼らのリスクは、計り知れない。

大人達と言っても、あくまでも捕らえようとするのは一人でいい——四対一なのだか

ら、中学生の身でも、少年の身でも、そこまで難しいことではないと、袋井くんは言っていたし、

「中でも弱そうな奴を選ぶから大丈夫ですよ」

と、生徒会長も、軍師の顔で言っていたので、滅多なことはないと思うけれど……、ただ、心配するなというのは、無理な話だった。

双頭院くんは、団員を信頼しているのか、それとも何も考えていないのか、その点、特に気に病んではいないようだけれど。

とにもかくにも、わたし達、美男美女の偽装カップルは、包囲網を抜けた——と、思う、たぶん。

これだけ学校を離れて、それでもあたりに尾行者が見あたらないのだから、まだ油断はできないにしても、とりあえず安心していいだろう。

「ふむ。そうかね」

と、双頭院くんは、ちょっと肩透かしを食らったような風に言った——まさか、トラブルを期待していたわけでもあるまいが。

「しかし、瞳島眉美くん。きみは随分と敏感なのだねえ。普通、尾行がついているかどうかなんて、わからないよ。僕だったら絶対に気付かない」

探偵としてはちょっと問題のある発言だった——まあ、言わんとすることはわかる。

「うん……、女子はその辺男子よりも、神経過敏なのよ」

「そうなのかね。まあ、そんなきみだからこそ、撃墜される衛星を目撃できたというのはあるのかな——それだって、なかなか、見ようと思って見れるものではないだろうからね。だとすれば、我らが美少年探偵団の、女子の加入も検討せねばならないな。団員は随時募集しているが、未だ、女子が入団したことはないのだ。美少年探偵団団則その2に少し手を加えねばならないが、しかし今の時代、男女差別はあるべきではない」

「あはは……」

メンバーの名前を出して正式に募集すれば、志望者は殺到しそうではあるけれど——なかなか、双頭院くんの眼鏡にかなう美意識の持ち主はいないだろうなあ。

ああ、そう言えば、家に忘れてきた、わたしの眼鏡……、この格好のまま帰ったら、驚かれるだろうなあ……、両親との約束……。

「あっ」

と、あれこれ同時に考えついたところで、わたしは足を止めた。

いきなり立ち止まったので、わたしの腕を取っていた双頭院くんが、つんのめるようになる——「どうしたのかね?」と、目顔で訊いてくる彼に、

「道を変え——」

と言い掛けて、遅かった。

尾行者、ではない。

ある意味、それよりもまずかった——正面から集団下校してくる、近隣の中学校の男子生徒の集団と、目が合ってしまったのだ。

何がまずいかって、その中学校の生徒と、指輪学園中等部の生徒は、男女共に、非常に折り合いが悪いのである——柔らかく言えば、だ。

番長である袋井くんが睨みを利かせているから、大きな争いみたいなことは起こらないけれども、なんというか、互いのテリトリーを非常に重んじる——どうやら、包囲網を突破することばかりに頭が行って、いつの間にか、わたし達は緩衝地帯にまで這入ってしまっていたらしい。

それでも、普段ならば、ここまで焦るようなことではないのだけれど——こんな美男美女のカップル、絡んでくれと言っているようなものだった。

なんてことだ。

軍事衛星とか、宇宙戦争とかの話をしているときに、中学校同士の子供じみた縄張り争いが台頭してこようとは……。

ここで他校生をうまくかわすような世間知が、わたしにないのはもちろん、双頭院くんにあるとも思えない——むしろ彼の己を飾らない発言は、騒ぎを大きくしかねない。

そうでなくとも、わたしが男装女子だとバレたら、あるいは双頭院くんが女装男子だとバレたら、果たしてどうなることか——と。

こちらに気付いた向こうの集団の、恐らく中心人物と目される生徒が、今にもわたし達に一声かけようかとしたまさにそのとき、間に割って入る人影があった。

偶然と言うには出来過ぎのタイミングで、明らかにそれは、故意に基づく行為だった。

わたし達と彼らの間の一触即発の空気を察して、遮るように横入りしたらしいその人物は、ダークスーツ姿の、長身の女性だった——邪魔が入って興が殺《そ》がれたのか、他校の彼らは舌打ちをして、そのまま通り過ぎて行った。

なんとも見事だった。

絡まれているカップルを助けるというだけでも普通は十分大した手際なのに、どころか、絡まれる前に助けてくれるだなんて——

「ふむ。美しい」

と、双頭院くんも率直に感嘆していた。

美に関する評価はいつでも率直な双頭院くんである。

いや、手際はさておいても、美しい女の人だった——サングラスをかけているので相貌《そうぼう》については確かなことが言えないけれども、その立ち姿は、まるでファッションモデルのようだった。

本人がスタイリッシュなのはもちろんのこと、彼女が着用することによって、着ている服の魅力も増しているようである。

「ど、どうも……、助かりました」

なんにしても、お礼を言うべき局面であることには違いないだろうと、わたしは彼女に近寄っていく——美少年探偵団の面々相手には、なかなか素直に言えない感謝の言葉も、同性相手ならばすっと出てくるはずだと思ったのだが、

「いいのよ。元々、こっちが先約だったんだから」

彼女はそう言って、サングラスを取った。

そしてわたしの意識が消えた。

とことん、わたしはお礼が言えない奴らしい。

22『トゥエンティーズ』

次に気付いたとき、わたしは車中にいた。

いや、そこが車中だと気付くには、少しばかり時間がかかった——『車中』と言われて人が想起するような、いわゆる一般的な『車中』とは、まるで様相が違ったからだ。

空間としてそもそも広く、クッションの利いた椅子同士が向かい合っていて、サイドには豪奢なミニバーまで設置されている……、外国の映画か何かで見た知識だけでいい加減

なことを言うわけにはいかないけれど……、それでもここまであからさまだと、自分がリムジンの中にいるのだと、推定せざるをえなかった。

リムジン。

どうやってカーブを曲がるのか謎めいている、あの、車体の長い高級車だ。

意識を失っていたのは、きっとそう長い間ではなかったのだろうが、しかし、こうまで状況が一変しているとは……、何をされて、何があったのだ?

身をよじろうとして、失敗する。

何かが腕に引っかかっている——と思えば、絶世の美少女だった。

もとい、双頭院くんだった。

目を閉じて、眠っているようでいながら——しかし、わたしの腕を、ぎゅっと握って、離さない。

「気絶してるのに、その子、あなたから絶対に手を離そうとしないのよ——大した根性、と言うかね」

と。

そこで正面から声がした。

驚いて、わたしはそちらを向く。

さっき見たときは、対面席には、誰もいなかったはずなのだ——それなのに、ちょっと目を離した隙《すき》に、さっきの女性が長い足を組んで座っていた。

サングラスを取ったら、尚更美人。

スーツの上着を脱いで、胸元を大きく開けたピンク色のシャツである――第三ボタンまで開けていて、いや、そこはもう、部位として胸だろうというあたりまで、大胆に露出している。

それで下品になっていないのには感心させられるけれども、しかし、見とれてばかりはいられない。

「大した男気、なのかしらね――軽くボディチェックをした限り、その子、男の子なんでしょう?」

「…………」

咄嗟に、返事を返すことができない――当然、わたしもボディチェックをされただろうし、だとすると、わたしの正体も割れているということだ。

と言うか、そもそも正体を看破されたからこそ、こうして拉致《らち》されてしまったのだろうし――だけど、どうして?

わたしがしていたのは単なる変装じゃない、中学生にして一大財閥を動かすあの天才芸術家・指輪創作のなした業だ――神業だ。

他校の中学生集団から助けてもらったという理由で油断したのはわたしの迂闊だったけ

れど、だからといって、指輪くんの変装術まで、そう見抜けるはずがないのである。

「はい、これ。お嬢ちゃん。なかったら困るんでしょ?」

と、彼女はわたしに、眼鏡を差し出した——当然のように差し出されたそれに、ぞっとする。

なぜなら、その眼鏡は、今朝洗面所に忘れてきたはずの、わたしの眼鏡だったからだ。

つまり、この人は、何らかの手段をもって、わたしの自宅に侵入している——しかも、それだけじゃなく。

「……………」

「あれ? いらないの? いらないんだったら、窓から投げて捨てちゃうけど?」

からかうようにそう言われ、わたしは観念して、腕を伸ばした——双頭院くんにとらわれているのとは逆の腕。

意外とあっさり渡してくれたので、わたしはそのまま、眼鏡をかけた。

「ふふっ」

と、彼女は妖艶に笑った。

その微笑は、美しくはあるのだが、軽んじられている感じが芬々で、あまりいい気分ではない——そりゃあ、あちらは誘拐犯で、こちらは虜囚《りょしゅう》だ。

序列があるのは当然である。

……それでも、縄で縛られているわけでもなければ、手錠や猿ぐつわをされているわけでもなく、虜囚の扱いとしては、望むべくもないというべきなのだが。

「………………」

「うん？　何か言いたそうね？　ああ、私の名前を知りたいの？　私は麗《れい》。短い付き合いになると思うけど、よろしくね」

訊いてもいないのに、彼女――麗さんは自らそう名乗った。

後ろ暗いところがあるとはまったく思えない、堂々とした名乗りだった――まあ、まさか本名ではないだろうけれど。

「ああ、誤解しないでね？　短い付き合いになると思うけどっていうのは、あなた達をここでどうこうするつもりだって意味じゃないから――私、暴力は嫌いなの。ご乗車いただくときに、軽く首筋を撫《な》でたけれど、あんなのは暴力のうちには入らないわよね？　……私達は送迎係だから、あなたを送り届けるまでが仕事って意味よ」

またも、訊いてもいないのに答える麗さん。

わたしが、思っていることがすぐ顔に出るタイプだというのを差し引いても、レスポンスが良過ぎるというものだった。

「届け先が、あなた達をどうするつもりかは知らないけれどね――何か飲む？　飲まない？　あっそう。じゃ、私は好きにやらせていただくわね」

ミニバーから、ボトルとグラスを取る麗さん——既に『送迎係』としての仕事は終わったと言わんばかりの、余裕の態度である。

実際、そうなのだろう。終わっているし、余裕なのだ。

どこに向かっているのかわからないが、リムジンはずっと走行を続けていて、間違っても外に飛び降りるなんて、できそうもない。

決して、麗さんが優しいからわたしを縛り上げていないのではなく、その必要がないから縛り上げていないだけなのだ——むろん、広いとは言え、こんな車内で抵抗しようとしたところで、『首筋を軽く撫で』られるに違いない。

彼女の仕事が、ではない。

状況そのものが、既に終了している。

「…………」

「ん？　その表情は、ちょっと読めないわね——眉美ちゃんは何を考えているのかしら？」

興味をそそられたように、アルコールを注いだグラスをホルダーに置く麗さん。

「……一番偉い人と話させてください。あなた達の中で」

わたしが、声の震えを必死で抑えながら言うと、

「『トゥエンティーズ』の中で、一番偉いのは私よ。一番有能なのも私だけど。そんな私

に何か用かしら？」

と、彼女は答えた。

ことをなげな口調に、嘘はなさそうだった。

「おとなしくします。逆らいません」

「何？　降伏宣言？」

途端、つまらなそうに、麗さんは嘆息する。

「別に、おとなしくしなくても、逆らってくれても構わないんだけど？　まあ、そんな美少年のヴィジュアルで、そんなことを言われると、おねーさんは萌《も》えちゃうけれど」

「……わたしはどこに送られても、何をされても構いません。だから、この子を……」

そう言って、わたしは、双頭院くんを示した。

「この子は、帰してあげてください。この子は関係ないんです。どうか……巻き込まないであげてください」

「……ふうん？　そう……？　意外ね。もっと、自分のことだけ考えてる、最近の子かと思ってたわ」

なぜか麗さんは、そんな風にわたしのことを、知ったように語った——それも、表情を読んだのだろうか？

根拠はともかく、しかし、当たっている。

わたしはそういう奴だ。

自分のことばかり考えていて、しかも、そんな自分が大嫌いだという救いのなさだ——根性曲がりの卑屈女だ。将来は絶対つまらない大人になる。

でも、だからこそ——そんなわたしだからこそ。

そんなわたしの巻き添えにすべきではないと思う。

気絶させられようとなお、己の美学を貫こうとする、美少年を。

「でも、どうしてあなたは、私がそんな頼みごとをきいてくれると思うのかしら？　私は誘拐犯の、犯罪者で、悪い人よ。そんなお涙頂戴に応じると思う？」

「……思います」

「思うんだ。なんで？」

なんでと訊かれても困る。

これこそ、はっきりとした根拠なんてないし、推理をしたというわけでもない——ただ、強いて言うなら、まさしく、わたし達が彼女に、誘拐されたそのときのことだ。

麗さんは、他校生とトラブルになりそうだったわたし達を助けてくれた——理由を訊けば、自分が先約だから、と言うのだろう。

だけど、助けてくれたあの時点では、彼女はきっと、わたしの正体に気付いていなかったと思うのだ。

たぶん麗さんは、助けたあとの近距離で、間近でわたしの目を見て初めて、わたしをわたしだと同定したのだ。さすがの天才芸術家も、まさか眼球の中身までいじるわけにはいかなかったから。

優しい人だとは思わない。

誘拐犯で、犯罪者でもあるのだろう。

だけど、完全に、悪い人でもないと思う——少なくとも、仕事中に、損得抜きで中学生のカップルを助けようとするくらいには。

……そうでなければ困るというか、そうでなければ双頭院くんを逃がしてあげられないという事情もあるのだけれど。

「わかったわ。いいわよ。好きにすれば」

あっさりと、麗さんは承諾した。

どうでもいいような口調だった。

こっちは決死の覚悟でした交渉なのだから、そんな風にあっけなく受け入れられてしまうと、それはそれでもの悲しい気持ちになったりもするのだが、それは贅沢《ぜいたく》の言い過ぎというものか。

麗さんが運転席を振り向いて、

「『トゥエルヴ』。どこか適当なところで、クルマを止めて——」

と、ドライバーに向けて言う。

『トゥエルヴ』……さっき、『トゥエンティーズ』と、自分達のことを言っていたし、じゃあ『麗』というのは、ひょっとして『ゼロ』の意味なのだろうか？

とにかくほっとした頭で、わたしがそんなどうでもいいことを考えていると、

「止める必要はまったくないぞ」

わたしの腕を取ったままで――いつからか目を覚ましていた双頭院くんが言った。

なぜなら、と。

「その生きかたは、美しくない」

23 双頭院学

馬鹿だ馬鹿だと、これまで何度も繰り返し言ってきたけれど、ここに至ってとうとう確信した――双頭院学。

こいつは本物の馬鹿だ。

取り返しがつかないほどの馬鹿という生き物に、初めて会った――こんな馬鹿を助けようと、犯罪者相手に自分の身を引き替えにした交渉に打って出た勇気を返して欲しいくらいだ。

いつから目が覚めていたのかは、この際気にしないでやっても構わない——わたしを犠牲にして助かるなんておこないが、彼にとって許し難いほど美学に反するというのならば、これはこの際いいだろう。

だけど、だったらせめて、このリムジンが停まるまでは、狸寝入《たぬきねい》りを続けてくれればよかったじゃあないか——まあ、停まったところで、わたしと双頭院くんが、揃って逃げられたとも思えないけれど、だからと言って、自らそのチャンスを潰すことはないだろうに……。

狸寝入りもまた、美学に反するのだろうか？

「ふむ。昨夜は寝不足だったからな、不覚にもよく眠ってしまった——せめていつも通りの美しい寝顔だったことを祈るばかりだよ。あなたが誘拐犯かね？」

大人相手にもまったく怖じることなく、そんな風に向かう双頭院くん——どれほど堂々としたところで、女装姿の美少女姿なのだが。

そんな双頭院くんに、麗さんはあくまでもクールに、足を組み、腕を組んでいたけれど、しかし首の傾げかたあたりに、困惑を隠し切れていなかった。

察しがよく、人の内心を読むのを得意とするだけに、双頭院くんのような本物の馬鹿……、もとい、何を考えているかわからない相手は、生理的に苦手なのだろう。

「僕は双頭院学。美少年探偵団の団長だ」

「……そう。団長なんだ」

麗さんは、とりあえず頷いた。

大人の態度だ。大人の余裕とは言い難いが。

「で、よかったら教えて欲しいんだけれども、美少年探偵団って何かしら?」

どちらかと言えば、それはわたしに対する質問のようだった――だけどそれは、できればわたしも知りたい。

なんなんだよ、美少年探偵団って。

「ふっ。美少年探偵団が何なのかは、この後、あなたは身をもって知ることになるだろう――なので、それよりも先に、あなたがたの正体と目的を教えてもらうとしようか」

何をさらっと、自白を要求しているんだ。

「……正体は不明、目的はお金」

呆れたように、麗さんは言った。

双頭院くんのペースに巻き込まれまいとしているようだが、そんなことを考えている時点で、もう巻き込まれていると言っていい。

わたしも、個人的な事情の巻き添えに、双頭院くん達をしてしまったことを気に病んでいたけれど、まあ、主観的には大いに猛省するとしても、でも客観的に判断すれば、やっぱり、巻き込まれたのはわたしの側だよねえ……。

「クライアントのことについて知りたいんなら、諦めて——私も知らないから。そうすることで、私達『トゥエンティーズ』は、依頼人を守っているというわけ。依頼人に言われるがままに、言われた通りの場所に、その子を連れて行くだけ」

その口調からは、できれば双頭院くんを、取り引きとか交渉とか抜きで、ここで降ろしてしまいたいという気持ちがにじみ出ていた。

これは表情なんて読めなくともわかる。

「知らないことで依頼人を守るとは、変わっているね」

と、双頭院くんは言う。

彼に変わっていると言われたらおしまいだ。

「僕なら、知ることで守ろうと思うがね」

「守る？　死んだら、何も守れないと思うけれど？」

言外の脅しに、しかし怯《ひる》むことなく、むしろより潑剌《はつらつ》と、

「美学を守れる。それを守れなければ、何も守れないのと同じだし——美学を知っていれば、すべてを知っているのと同じだ」

と、双頭院くんは言い切った。

「……それじゃ、きみは知ってるわけ？　この子が狙われている理由を」

「むろんだ。彼女が見てはならないものを見てしまったからだろう？」

偉そうに言っているが、それを調査したのは、彼の部下だ。

考えたらこのリーダー、最初からここに至るまで、何も活躍してないな……。

「軍事衛星も核ミサイルも、僕に言わせれば、まったく美しくないがね――だがまあ、それが海の向こうで散る様は、確かに綺羅星のごとく、美しかったかもしれない」

公平を期すように、双頭院くんは言った。

……まあ、それはそうか。

あの光が、たとえどんな邪悪に起因するものだったとしても、それが十年前のわたしの心を奪ったという事実そのものが、消えてなくなるわけではない。

「ただ、疑問は残るがね。こうして彼女一人を拘束したところで、結局は情報を完全には隠蔽できまいよ。それともあなたがたは、その光を目撃した人間を、全員誘拐するつもりかい？」

「そう。じゃ、やっぱり知らないのね」

そう言って麗さんは、ようやく余裕を取り戻したかのように、わたしを見た――双頭院くんがようやくまともっぽいことを言ったことで、本調子になったようだ。

「目撃者はその子だけなのよ――つまり、誘拐するのは、その子だけでいいの。くだんの光とやらは、この世で唯一、瞳島眉美ちゃんの『目』だけが、目撃できるものだったのよ」

24　瞳島眉美

わたしの目には問題がある。

視力が悪いのではない――良過ぎるのだ。

良い、の定義をどう受け取るかにもよるけれど――要するに可視範囲が、通常のそれよりも、レンジが広く設定されている。

放射線やX線が見えてしまう、と言えば、話が推理小説ではなく、なにやらSFじみてくるけれども、まあ、おおむねそういう意味に近い。わたし自身、詳しく把握しているわけではない――わかりたくもないというのが正直なところだし、あえて知ることを避けてきたとも言える。

要するに。

目がすごくすごくすごくよく見える。

見たくないものや。

見なくていいものまで、見えるくらいに。

気付かなくていい尾行者に気付くくらいに。

曲がり角の向こうに隠れて待ち伏せしている大人達や、まだ出会ってもいない、集団で下校する他校生にいち早く気付いてしまうくらいに——そして。

太陽照り盛る昼間であろうと、見なくてもいい軍事衛星の、目撃者になってしまうくらいに——まあ、四歳の頃のわたしならば、今のわたしよりも、更に強力な可視範囲を持っていただろうから。

だから、わたしだけなのだ。

世界でただ一人だけ、わたしだけが知っている——わたしだけが見ている。逆に言えば、わたし以外の誰も、その撃墜については証言できない。

そういうことなのだ。

「ま、だから、依頼人からすれば、手間のかからない話よね——眉美ちゃん一人を監視していれば、安全係数は保《たも》てるんだから」

麗さんはそう言って、肩を竦める——完全に自分のペースを取り戻したという風だ。確かに、質問を投げかけるよりも、そうやって物事を解説しているほうが似合う人ではある。

探偵の側が説明を受けてどうするのだという話だが、しかし双頭院くんはそれを聞いて、特に納得した様子もなかった——どころか、「はっ！」と、初めて、憤りのような感情を、わたしに見せた。

「つまりあなたがたは、夢を追ういたいけな少女が、あるはずもない星を探して天体観測をしているさまを、十年にわたって、真相を隠したままでこそこそと監視していたというわけか——感心しないね、ナガヒロが聞いたら激怒だな！」

「そちらの担当は、わたしじゃないけれどね——眉美ちゃんが監視されていたのは事実よ。昨夜から、とかじゃなく、十年前から」

その言葉を受け、双頭院くんはわたしを向く。

そちらの監視には気付いていなかったのかどうか、と訊きたいのだとすれば、気付いていなかったと答えるしかない——良過ぎる視力も、別に万能の透視能力というわけではないのだ。

もっとも、まったく気付いていなかったわけではないからこそ、わたしはいつだって人目を気にする、卑屈な性格になってしまったとも言える。

「それに、普段はその眼鏡で『保護』してるわけだしねえ？」

と、表情を読むことにかけてはわたしなんて及びもつかない麗さんは、からかうようにそんなことを言ってくる。

「その監視にしたって、そろそろ解いていいんじゃないかって話もあったらしいんだけれど——十四歳の誕生日をもって、眉美ちゃんは天体観測から卒業するはずだったんだから。それなのに、あろうことかヘリコプターに乗って、当時の海岸に向かうだなんて——事実上四名の、素敵な男の子達をはべらして」

「事実上四名？」

事実上存在を抹消された素敵な男の子、今は女の子にドレスアップされているが、ともかく双頭院くんは、不思議そうにする——麗さんはそれを相手取らず、

「それで、私達『トゥエンティーズ』が駆り出されたってわけ——正直、取り越し苦労なんじゃないかって思ったんだけれど、まさか、たった一日で、そこまで真相に肉薄しているとは思わなかったわ」

と言った。

「ふっ。それが美少年探偵団だ」

誇らしげに胸を張る双頭院くんだった——だから真相に肉薄したのは、事実上四名の仕事なのだが。

「だから……、美少年探偵団って、いったい何なのよ」

うんざりしたように、そう訊く麗さん。

双頭院くんを完全に無視はできないあたり、やっぱり根っからの悪人ではないのだろうと思う——だからといって、わたしを見逃してくれはしないけれど。

悪人ではなくとも、商売人ではあるだろうから。

「美少年探偵団の団則を聞きたいのかね？」

表情を読むことにも、胸中を読むことにも、まったく秀でたところのないリーダーは、

麗さんからの当てこすりのような質問にも一ミリたりとも動じることなく、胸を張ったまま答える——ちなみに、女装する際に、バスト周りには芸術家の手が入っているので、そんな背をそらした姿勢を取ると、妙に扇情的でもあった。

こいつ、自分が今、どんな姿になっているか、ひょっとして忘れているんじゃないのか？

「ひとつ、美しくあること。ふたつ、少年であること。みっつ、探偵であること——」

「それで美少年探偵団？　なあんだ、そのまんまじゃない」

「違う。これだけでは単なる、美少年探偵だ——美少年探偵が何人集まったところで、それは何人かの美少年探偵の集まりに過ぎない。美少年探偵団にとって、もっとも重要な団則は、第四条だ」

第四条？

てっきり、第三条までで、その団則とやらは完成していると思っていたが……、四つ目もあったの？

美しく、少年で、探偵で。

この上いったい、何があるというのだ？

「そう。究極的には、僕達に必要なのは、その第四条だけだとさえ言える——美少年探偵団団則その四」

双頭院くんは会心の笑みで言った、とことん誇らしげに。

「団《チーム》であること」

そしてわたしは、ようやく気付いた。

彼がそんな風に胸を張って、自分では何もしていない癖に、一貫して誇らしげにしていたのは——一貫して、仲間を誇っていたのだということに。

「ボス!」

と、そのとき、運転席から麗さんに向けられた声がした。

逼迫《ひっぱく》した声だった。

「報告します——先程からこのクルマを、ずっと追ってくる自転車があります!」

リアウインドウを振り向くまでもなかった。

その自転車に乗っているのは、生足の美少年に決まっているのだから。

25 追走

ロードレーサーが、実際のところ、どれくらいの速度が出せるのかは、定かではない——単純なスピードで言えば、一般道を走る自動車くらいの時速は余裕で出せるとも聞くけれど、しかし、あくまで人力である。

そんなトップスピードを、まさか時間単位で維持できるとも思えない――仮に時速九十キロが出せるとしても、それでリアルに九十キロメートルを走ることができるだなんて思えない。

自転車で自動車をずっと追い続けるなんて、土台、不可能な夢物語だ。

その不可能を、生足くんは可能にしているのだった――なりふり構わない立ち漕ぎで、彼はリムジンを追跡していたのだった。

追いつくことはできなくとも、見失うことはなく――

「今朝、あなたと、一風変わった二人乗りをしていたっていう子……なのかしら？」

麗さんは、目を細めて、生足くんを眺《なが》めながら言う――余裕の態度は崩していないけれど、しかし、少なからず驚いていることは確かだった。

「ご名答。美脚のヒョータだ」

そんな風に双頭院くんが、メンバー紹介をするのを、麗さんは、「そう……」と、思いの外真面目な受け答えをした。

そこは呆れ返るところなのでは？

いや、あんな風にロードレーサーで、脇目もふらずに一直線に疾走してくる姿を、滑稽だと笑うことなど誰にもできまいが。

むしろ、汗まみれになりながらも高速でペダルを漕ぎ続ける彼の姿には、見る者の心を奪う、美しさがあった。

もちろん、むき出しの脚そのものも、美しかったけれど。

「どうします？　ボス——あの速度です、こちらが急停止すれば、避けられないと思いますが」

不安そうにバックミラーを窺いながら、ドライバーの『トゥエルヴ』さんがそんな風に提案したのを、麗さんは、

「駄目よ。何を考えてるの、相手は子供よ」

と、一顧《いっこ》だにしなかった。

「子供ではなく、少年だがね——それもとびっきりの美少年だ」

双頭院くんに言われて、麗さんは、「確かに、そのようね」と頷く。

適当に同意したわけではなさそうである。

「ではどうしましょう、ボス。追いつかれることはなくとも、振り切ることは難しいと思います——このままずっとついて来られては、任務に支障を来《きた》します」

なにせ目立ちますから、と『トゥエルヴ』さん。

麗さんはどこかの誰かさんとは違い、部下の心をちゃんと掌握しているようで、急ブレーキをかけるという穏やかではない案は、すぐに引っ込められたようだけれど——実際に生足くんとカーチェイスをする身のドライバーとすれば、その危うさは肌で感じるところ

だろう。

まあ、実際、意外ではある。

美少年探偵団で一番可愛らしい、女装するまでもなく、見た目、女の子みたいな生足くんが、もっとも体力派だというのは――車体の長いリムジンというだけでも十分注目を浴びるというのに、それを、天使長が自転車に乗って追跡している図というのは、目立つどころの話ではあるまい。

「……ねえ、眉美ちゃん」

と、麗さんは、後方に目をやったままで、不意にわたしに尋《たず》ねてきた。

「あなたは、どう見るかしら?」

「え、ど、どうって……」

意味のわからない質問に、わたしが戸惑うのに構わず、

「闇雲に追ってきているってわけじゃあ、なさそうなのよね――あの子は、はっきりとした目的を持って、私達を追跡してきている。そう思うのよ」

と、麗さんは続けた。

はっきりとした目的……?

いや、確かに、あんな風に遮二無二、ロードレーサーで駆けてきたところで――そして万一、精神論と根性論で追いつけたところで、その先の展望がないのでは、お話にならな

い。

生足くんも、拿捕《だほ》されるだけである。

いくら体力派だと言っても、抵抗のすべもなく、わたしと双頭院くんを、その細腕でさらってみせた麗さんに、敵うとも思えない——彼は人生四度目の、誘拐事件を体験することになるだろう。

ならば、何か勝算が……、そうでなくとも、目論見があって、ああしてリムジンを追っているのだと見るべきなのか？

ただ、じゃあそれが具体的に何なのかと言えば、まるっきり見当もつかない……、糸口もつかめない。わたしは視力がいいだけで、麗さんのような、卓越した分析力があるわけではないのだ。

おずおずと、そう言うと、

「それは買いかぶりというものね。わたしにもわからないから訊いたんだもの」

と、彼女は肩を竦めて、それから、いかにも嫌々という風に、

「その辺、リーダーには、わかっているのかしら？」

と、双頭院くんに訊いた。

「はっはっは。教えることはできないな」

「……あんまり好きじゃないから気は進まないんだけれど、拷問して聞き出すこともでき

るのよ?」

「拷問も無駄だ。なぜなら、あの追跡者が何をするつもりか、この世で一番知らないのが僕だからだ――僕はリーダーとして、メンバーの自主性を重んじるのだ」

「知ることで守るんじゃ、なかったの?」

「それは依頼人の話だ。僕の部下は、僕に守られるほどヤワではない」

「そう……そしてあなたが守られるってわけね」

麗さんは納得したように頷いた。

それくらいしか納得できる箇所がなかったのかもしれない。

「オーケー。じゃ、本人に訊いてみましょうか。あんな人目を引く子に、いつまでも追いかけ回されてるんじゃ体裁が悪いし――どうやって、この意味不明なリーダーを守るつもりなのか、直接、教えてもらいましょう」

「ちょ、直接って……」

驚くわたしを後目《しりめ》に、麗さんは、

「『トゥエルヴ』。今度こそ、クルマを停めて――適切な空き地なんかを見つけて、ゆっくりと慎重に、ちゃんと道路交通法を遵守してハザードを焚《た》いて、事故らないよう気をつけながらね」

と言った。

26　携帯電話

生足くんは仰向けにぶっ倒れた。

自転車もその際、ぶっ壊れた。

水分補給もなしでのカーチェイスに、さすがの美脚くんも、最新鋭のロードレーサーも、限界だったらしい……、気迫で誤魔化していただけで、実際問題、『トゥエルヴ』さんがあと十分でも走行を続けていたら、振り切られていたかもしれない。

そういう意味では、麗さんは生足くんの根性にと言うよりも、自分の好奇心に負けたと言える――ただし、ここで『負けた』という表現を使うのは、いささか行き過ぎだ。

勝負はまだ、始まってさえもいない。

あくまでも、生足くんが自転車で運んできた『勝算』による――その内容如何《いかん》によっては、ここでリムジンを止めたことは、彼女にとっては英断だったという展開にもなるだろう。

生足くんの策を、実を結ぶ前に潰したなら……。

いや、むろん、生足くんが、特にノープランで、何の勝算もなく、ただ闇雲にリムジンを追ってきていただけという線も、十分考えられるのだが……、お願いだからそんなことはないと言って欲しい。

言って欲しかったが、全身汗びっしょりで、呼吸も苦しそうな生足くんは、何も語ってくれそうにもない——『トゥエルヴ』さんによって車中に運び込まれ、シートに寝かされた生足くんは、車中のミニバーにあったミネラルウォーターのボトルを、麗さんから手渡されていた。

敵に看病されてんじゃないよ。

頼むから何かあると言ってくれ。

「はっ、はっ……、あはは、リーダー、ご無事で何より……」

再び動き出したリムジンの車中で発した、第一声で双頭院くんの身を案じるあたり、彼もなかなか、忠義心にあふれていた——当の双頭院くんのほうは、

「うむ。見ての通りだ」

と、鷹揚《おうよう》に応える。

見ての通りだったら、ご無事ではないのだが。

「喋れるようになったのなら、ご説明願おうかしら、ショートパンツくん？　……女装少年だったり、足むき出しだったり、美少年探偵団って、そういう耽美《たんび》な組織なわけ？」

麗さんからの当然の疑念だったが、もちろん、そんなことを説明して欲しいわけではあるまい——求めている説明は、どういう心算で、生足くんがリムジンを、追跡してきたの

かだ。

「……ボクは美脚だよ、おねーさん」

「美脚？　それは見たらわかるけれど」

そう受け答える麗さん――さすがは大人の女性、こぞっておそれをなしてしまったわたし達女子中学生とは違い、網タイツにくるまれた足を、むしろ強調するように組み替えた。

ただ、生足くんも、さすがにここで、足を自慢したかったわけではないようで、

「違う……、美脚じゃなくて……、いや、美脚は美脚なんだけども……」

と、途切れ途切れに続ける。

「飛脚……飛脚って言いたかったの……」

飛脚？

飛脚って、昔の言い回しだけれど……、確か、手紙を届ける仕事だっけ？

「ふうん？　送り届けるのは、私達の仕事なんだけど？」

そう言う麗さんに、生足くんはショートパンツのポケットから取り出した携帯電話を差し出した――校則で禁じられている云々はさておいて、それでも中学生が持つには無骨な、スマートフォンでもない、個性に欠けた携帯電話。

しかし、それを見て、麗さんの顔色が変わった――咄嗟に、立ち上がろうとした彼女

を、生足くんは制するように、その携帯電話を更に、突き出すようにする。

どういうやりとりなのだろう？

わたしを置き去りに、やがて麗さんは無言のまま、その携帯電話を受け取った――同じく置き去りにされているはずの双頭院くんは、別段動揺した様子もなく、

「ヒョータ、疲れただろう。足を揉《も》んでやろう」

と、部下をいたわりにかかっていた。

なんなんだ、このヒトの危機感のなさは。

「………」

受け取った携帯電話をためつすがめつかざすようにして、麗さんは、その美貌を歪《ゆが》める――不愉快そう、というのも違うけれど、なんだか今、彼女の思い通りに物事が進んでいないのは、確かなようだった。

なんなんだ、あの携帯電話は？

「一人……じゃないわね。二人？　いえ、あなたを含めて、三人かしら……そうでないと、取り引きにはならないもんね？」

そんな風に探りを入れられた生足くんは、「大当たり……三人だよー」と、答えた。リーダーに足を揉まれながら。

疲労困憊《ひろうこんぱい》で汗だくの美少年が、見た目美少女に足を揉まれている図というのは、なんと

いうか、耽美を通り越して背徳的でさえあった……、なんだか、リムジンの中というシチュエーションも相まって、見てはいけないものを見ているような気分になってくる。

三人って、何が三人なのだ？

「……『トゥエルヴ』。現状、所在のわからない奴は？」

「20番が連絡が取れないのは、いつものことですが——13と18と19から、定時連絡が入っていないようです」

運転席から返ってきたそんな返事に、麗さんは隠そうともせず、ため息をつく。

「なるほど。ただのエロティックな集団ではないってことね——子供扱いは、失礼だったわ。だけど、わかってるの？　私達から大人扱いされるってことが、どういうことなのか」

ため息をついた直後の発言であり、すごむ、というような迫力はなかったけれど——だからこそ、当然のように言われたその言葉には、すごみではない真実味があった。

わかっている、とは言い難いだろう。

そもそも、その美少年探偵団が何をしたのかさえ、わたしにはわかっていないのだ——

13と18と19というのは、『トゥエンティーズ』の構成員のことだろうか？

定時連絡が取れないというのは——

「作戦成功ってことだよ、瞳島ちゃん——リーダーと瞳島ちゃんがさらわれるのは防げなかったけれど、瞳島ちゃんを尾行してた連中の一部を捕まえることには成功したんだ。三人ほどね」

生足くんが、悪戯《いたずら》っぽく笑って言った。そして倒れたまま、麗さんに向かう——足を組んだスカートの中が、ちょうど見える角度だった。

「じゃ、人質交換だよ、おねーさん」

27 人質交換

美脚のヒョータがロードレーサーで運んできた勝算というのは、それか——麗さんの仲間、『トゥエンティーズ』の構成員の身柄を、彼らは三人分、抑えていたのだ。

そうだ、忘れていた。

わたしと双頭院くんが拉致されてしまったことで、なんだかわたしの中でうやむやになってしまっていたけれども、そもそもは、そういう作戦だったのだ。

そうか——作戦そのものは、失敗していなかったのか。

それも、ひとり抑えればそれで万々歳だったはずの身柄を、あろうことか三人分も……、三対一どころか、三対三、対等の人数を確保しようとは。

リーダーがいなくなった途端、有能な中学生達だ……、リーダーがいないほうが活躍する集団って、どんなのだ。

では、彼がその脚力をフルに発揮して、命がけのように届けてくれた携帯電話は、確保された三人のもの……、『13』さんか『18』さんか、『19』さんのものなのだろう。

携帯電話。

わたしは持っていないが、大人にとってそれは現代社会じゃあ、最大の個人証明だ。

もちろん、犯罪組織が使用しているようなそれだ、パスワードはがちがちにかかっていて、蛇の道は蛇とばかりにセキュリティも万全で部外者にはいじくれないようになっているだろうけれど――こうして、『直に届ける』という実際的なアプローチをされれば、麗さんの立場では、無視するわけにはいくまい。

いや、無視するのだろうか？

依頼を受けて組織的に、関わりのない中学生を誘拐しようなんて、本格的な『悪の組織』だ――任務中に捕らえられるような手下は、残酷に切り捨てるということも、十分考えられる。

その場合、生足くんは、ただただ自ら死地に飛び込んできただけということになる――虎児もいないのに虎穴に入ってきた愚か者ということで、話が終わってしまう。

リーダーに足を揉まれにきたようなものだ。

それはあまりに不憫《ふびん》だった。

果たして、『トゥエンティーズ』のボス、麗さんは、「で」と言う。

「人質交換って、いったいどういう交渉をすればいいのかしら？　あなた達三人と引き替えに、私の可愛い部下を三人、返してもらえるってこと？」

「その通りだ」

そう答えた。

のは、生足くんではなく双頭院くんだった。

まるでこの事態を掌握しているかのような物言いだが、彼の立場は、引き替えにされる取り引き材料である。

服装も相まって、とらわれのお姫様みたいだ。

逆に、わたしはそれとは程遠いが。

「もうすぐその電話に、うちの渉外係から着信がある――詳しいことはそいつと話して」

と、生足くんもリーダーを無視して言う。

「言っとくけど、大人の色香で惑わそうとしても無駄だよ――うちの渉外係は、小学二年生以上の異性には興味がないから」

「メ、メンバーの中に、犯罪者がいるの……？」

一瞬、麗さんが素の表情を見せてくれたが、まさしくそのとき、彼女が手にしていた携帯電話が細かく振動した。

マナーモード。

仕事中なら当然か。

ただ、その電話に、麗さんは、すぐには出ようとしなかった——ロリコンと話すことに臆病になっている、というわけでもあるまいが？

麗さんは気《け》だるげに、

「13の電話に、19から着信……」

と、呟《つぶや》く。

「つまり、わたしの部下に、電話をかけさせてるってことかしら？　あるいは、パスワードを聞き出して、19の携帯電話を使用しているってことかしら？　……いずれにしても、中学生に口を割らされるような鍛《きた》えかたをした覚えはないんだけどねえ？」

震える携帯電話を眺めながら、そんな分析をする麗さん——表情を読むときと同じ、射抜くような視線を、小さな画面に表示された番号へと落としている。

「ま、その渉外係っていうのが、ただのロリコンじゃないのは確かなようね」

本人の知らないところで、美少年探偵団の渉外係はロリコンであることが、確かなことみたいになりつつあった。

「もしもし？」

と、しかし、いつまでも分析してはおらず、麗さんは電話に出た——いかにも仕事ができる女性という風で、様になる動作だった。

その実体は犯罪者なのだが。

考えてみれば、ロリコン自体は嗜好《しこう》であり犯罪ではないので、咲口先輩も、実際の犯罪者から犯罪者呼ばわりされるのは心外だろう。

「東西東西。私は美少年探偵団の副団長、咲口長広という者です」

麗さんがご親切にもスピーカーモードにしてくれたようで、生徒会長のいい声は、対面に座るわたしのところまで聞こえてきた。

美少年探偵団の副団長。

思えば、よく笑わずに真顔で言えるなというようなプロフィールである——電話では顔まではわからないけれど、きっと真顔なことだろう。

咲口先輩は穏やかな口調で言う。

その話しぶりは、中学生離れしていると言うか、単純に場慣れしていた。

「用件は既に伝わっていることと思いますが」

ロリコンであることも伝わっている。

「取り引きを申し出たいと思います。うちのリーダーと機動係、それにクライアントが、そちらのお世話になっているはずです——その三名と、こちらで預かっている三名を、等価に交換したいと望みます」

「時間と場所は？」

短く、麗さんは言った。

端的に話すことで、与える情報を最小限に抑えようとしているのかもしれないし、成熟した大人の女性として、できる限りロリコンとは話したくないのかもしれない。

「時間は今すぐ。場所は、私達の通う中学校でいかがでしょうか。引き返してもらうことになって、申し訳ありませんが」

「いいわ、それくらいの手間——言うまでもないとは思うけれど、公権力の介入はなしよ？　まあ、公権力に介入されて、困るのはお互い様かもしれないけれど」

「？」

咲口先輩の、ちょっとした困惑が、通話口からでも如実に伝わってきた——まあ、さすがの美少年探偵団の知恵袋も、犯罪者から犯罪者だと思われているとは、予想だにできまい。

最終的に、探偵団を名乗る者として、警察に助けられるなんて矜持《きょうじ》に関わるというような意味だと解釈したらしく、

「もちろん、私達とあなた達。美少年探偵団と『トゥエンティーズ』だけの取り引きです」

と、咲口先輩は言う。

『トゥエンティーズ』という組織名を、既に把握していることを、言外に匂《にお》わせている——このあたりは、渉外係の腕前か。

「後腐れのない、ビジネスライクな取り引きというわけです——三人を返してくれれば、それ以上は望みません」

「オーケー。それ以上は、私達も望まないわ——ただし、もしも私の部下に害なすようなことをしたら、預かっている三人の無事は保証できない……、と言うより、はっきり言えば、三人とも殺すわ」

麗さんは冷ややかな口調で言った。

「思いつく限り、もっとも残酷な方法を用いて殺す。きみも殺す。きみのような人間は、殺されたほうが世のため人のためという気もするしね——私は生まれて初めて、善行というものを働くことになるわ」

「？　はあ……」

なにぶん、台詞の後半の意味がわからないから、咲口先輩にはその怖さが完全には伝わっていないようだけれど——たぶん、麗さんは、本当にそうするだろう。部下の身に何かあれば、それらはすべて、わたし達の身に跳ね返ってくるだろう——悪の組織の論理で、部下を切り捨てるタイプの人じゃあなかった。

けれどやっぱり——善人ではない。

むしろ、仲間思いの悪党というのは、交渉する相手としては、最悪なのかもしれなかった――咲口先輩は、それをどれだけ、理解しているのだろうか？

「もちろん、拘束はさせていただいておりますが、過度に危害を加えるつもりはありません。できる限りのホスピタリティで、丁重《ていちょう》にもてなさせていただいております。なので――」

「それはこっちの台詞だぜ」

咲口先輩の応対に、割り込むような乱暴な声が聞こえてきた――向こうもスピーカーモードにしていたのだろうか、その声の主は袋井くんだったが、しかし、すぐにそうとはわからないほど、それは低く、いわゆるドスの利いた声音《こわね》だった。

「他人事みてーに言ってんじゃねえぞ。お前は『一方で、この種のアプリの使用は自己責任だという意見もありますよね』とか、自己責任に言及するときに自己責任で言ってない奴かよ。もしも瞳島に……、リーダーに、ヒョータに、傷ひとつでもつけてみろ。どんな手段を用いてでもお前を探し出して、ぶっ殺す」

「そんなことはしなくていいから、お前は食事の準備をしていろ。誘拐されて、夕餉《ゆうげ》を食べ損《そこ》ねたから腹が空いた。今夜は中華な気分だ」

凄《すご》んだ袋井くんの気勢を殺ぐかのように、双頭院くんが、電話のほうを見もせずに言った――生足くんへのマッサージを続けているし、この人は、素直にシリアスになれないものなのだろうか。

中華な気分って。

あの美術室、そこまでの調理施設が揃っているの？

だとすれば取り引きのために学校に帰るのが、ちょっと楽しみになってしまうが——

「リーダー……いつも通りみたいだな」

袋井くんが、呆れたように言った——その口調こそ、袋井くんのいつも通りでもあった。少なくとも、わたしの知る、いつも通りの袋井くんだった。

「ああそうだ。僕がいつも通りでなかったことがあるか」

ないんだろうな。たぶん。

「話を戻していいかしら？」

と、しかし、袋井くんのあの剣幕にも、まったく動じることなく、麗さんはあっさりとそう受けて、「じゃ、これから、学校に戻るわ。それでいいのよね」と言う。

「ええ。では学校の付近にまで戻ってきたら、この電話に連絡していただけますか？　くれぐれも——」

と、咲口くんが主導権を取り返したところで、麗さんは一方的に通話を切った。

そして携帯電話を脇に置き、「確かに」と、双頭院くんに言う。

「いいチームみたいね、双頭院くん」

「最高のチームだよ」

そう答えたところで、ようやくマッサージを終えて、双頭院くんは座り直した——見れば、いつの間にか生足くんは眠ってしまったようである。

この子もこの子で心臓が強いと言うか、図太いと言うか……、いや、リーダーと違って緊迫感がないわけではないのだから、ここは大目に見るべきだ。実際はマッサージが気持ちよくて寝てしまったと言うより、体力を使い果たして休眠してしまったのだろうから。

傷一つつけるな、と袋井くんは言っていた——今のところ、わたしも双頭院くんも、麗さん達から危害を加えられているとは言えないけれど、そういう意味では、生足くんには一刻も早く、適切な治療が必要かもしれない。

「あなたのチームも、悪くはないようだがね。ん？ 悪いのか？ 犯罪者集団なのだし」

とぼけたようなことを言う双頭院くん。

「まあ、部下を助けるために任務を放棄しようとは、見上げたキャプテンシーだ。犯罪はいただけないが、その心意気に限っては、美しいと言っていい」

「……きみも、そんなキャプテンシーを持っているのかしら？」

「幸い、僕には、僕の下には、僕が助けなければならないような部下は一人もいない。もっぱら、僕は助けられる専門だ」

そんな専門があるか。

そんなリーダーがいるか。

「どうするおつもりですか？　ボス」

と、運転席から、『トゥエルヴ』さんが訊いてきた。

「まさか、本当に『任務を放棄』するおつもりで？」

「まさか、よね」

と、麗さん。

「ただし、私達が諦めるつもりがないだろうことは、当然、あちらにも伝わっているはず……、これで本当に、警察にも連絡せず、私達を捕らえるつもりもなく、おとなしく私達と人質交換をしておしまいにするつもりの連中だって言うなら、ただのつまんない奴らよね」

「まあ、おとなしくはないな。少年だから」

双頭院くんが、珍しく真っ当な指摘をした。

百年に一度あるかないかの出来事だろう。

それを受けて麗さんは、

「ねえ、双頭院くん。あなたの部下達は、どうするつもりなんだと思う？」

と、訊いてきた。

「おいおい。僕が知るとでも思うのか？」

「知らないんでしょうね——だけど、考えることはできるでしょう？　探偵を名乗るんなら、部下の動きを推理してみたら如何《いかが》かしら？」

やけに挑発的な物言いだった。

さっきまでは、麗さんは双頭院くんを、無視とまでは言わないにしても、スルーする方向にシフトしていたはずなのに。

生足くんや咲口先輩、袋井くんから、双頭院くんが思いの外慕《した》われている様子を受けて、見方を変えたのだろうか——あるいは、美少年探偵団と取り引きするにあたって、そのリーダーと、覚悟を決めてここできちんと対峙《たいじ》することにしたのかもしれない。

これはあまり、いい展開とは言えない。

探偵といっても、所属しているのが生粋《きっすい》の変わり者達というだけで、基本的には中学校の部活動みたいなものである美少年探偵団が、本物の犯罪者集団と向き合うにあたって、仮に勝機があるとすれば、麗さん達に『相手は所詮子供だ』と、軽侮してもらうことだったはずだが——生足くんの追跡や、咲口先輩の交渉を受けて、そんな気持ちはまったくなくなったようだ。

それは加えて言うなら、『子供相手だから優しくしてあげよう』というような気持ちも、一緒になくなってしまったということでもある——ただ、そんなわたしと、不安をまったく共有していないらしい双頭院くんは、

「まあ、僕の推理を聞きたいという気持ちはわかるよ」

と、挑発に対して、どこか嬉しげだった。

「なぜかみんな知りたがるんだよ。僕がいったい、何を考えているのかを」

それはたぶん意味合いが違う。

本当、何を考えているのだ。

「三人と三人の人質交換。対等な取り引きなように見えて、しかし、付随するリスクは、必ずしも等しいとは言えないだろう——我らが美少年探偵団も、この取り引きが失敗すれば、メンバーを二名、依頼人を一名、失うことになってしまうけれど、あなたがたはこの取り引きが失敗すれば、最悪、組織全体が壊滅に追い込まれかねないのだから」

驚いたことに、双頭院くんは、比較的まともな見識を披瀝《ひれき》した——なるほど、得るものは同じでも、失うものは同じではないと言うことか。

そんな風には考えなかったけれど……、あと、考えたとしても、それをわざわざ、麗さんに向かって得意げに説明したりはしないけれど。

デメリット表示をするな。

「なので、もしも僕がナガヒロの立場だったならば、あなたがたの信頼を得るための努力を惜しまないだろうね——つまり、警察を呼びもしないし、人質に手出しもしない、真っ当な取り引きをおこなう保証を、ナガヒロはあなたがたに提出しなければならない」

「……まあ、そうね」

そのまともな見解に、麗さんは多少、感心したようだった——同時にやはり、それを全部口に出して言ってしまう双頭院くんの腹のうちが読めずに、困惑している風でもあった。

何を考えているかがわかっても、なお聞く者を困惑させるとは、やはりただ者ではない——今のところ、ただ者ではないだけだが。

「もしも罠を仕掛けるのだとすれば、まさしくその保証にこそ仕掛けるだろうね。あなたがたが、と言うより端的に言うとあなたが油断したときこそ、ナガヒロにとってのチャンスとなろう、麗人二十面相」

「誰が麗人二十面相よ」

麗さんは即座に首を振った。

ただ、麗人という言葉には、まんざらではなさそうだった。

どんな美人でも、なかなか日常生活で浴びる呼称ではないからな……。

「逆に言うと、あなたがたにとっては、その罠こそを、どう逆手《さかて》に取るかが課題になるだろうね——互いに知恵を絞り合い、鎬《しのぎ》を削る。なんとも美しいやりとりではないか、そうは思わないかね？」

思わないらしい麗さんは、もう一度首を振って、

「ジャストアイディアにしては、いい線ね」

と、誉めるようなことを言う。

「で、双頭院くん。その保証っていうのは、そして罠っていうのは、何なのかしら?」

「さあ。そんなこと、僕に訊かれても」

ノーアイディアかよ。

そこから先がわからないのであれば、交渉材料の身としては余計なことを言って欲しくはなかったけれど、双頭院くんはそんな風に首を振って、「しかしひとつだけ確かなことがある」と、更に続けた。

確かなこと? この上、まだ余計なことを言うつもりだろうか?

今のところ、誰も得をしていない。

たぶん、麗さんでさえもだ。

「ひとつだけ確かなこと……って、何かしら?」

「僕は今夜、中華料理を食べる」

28 謝罪

麗さんは助手席へと移動した。

双頭院くんと話し続けるのは、やはり精神力を消費するのか――それともあるいは、これ以上わたし達と接し続けることで、情が移ることを避けようとしたのかもしれない。

当然ながら、ドアは電子的にロックされてしまったので、内側から開けることはできない――リムジンの後部座席で、わたしと双頭院くん、それに深く眠ったままの生足くんは、監禁状態だった。

まあ、監禁というには、椅子のクッションはいいし、ミニバーもあるし、いささか豪勢と言うか、ゴージャスと言うか、環境が良過ぎる感もあるけれど――ほんの数時間後には、三人ともいったいどうなっているかわからない身の上だということを思えば、やっぱり、リラックスするのは不可能だった。

「ふむ、瞳島眉美くん。冷蔵庫にはミネラルウォーターだけではなく、ノンアルコールのジュースもそこそこ揃っているようだぞ。何か飲むかい？」

……常にリラックス状態の双頭院くんには、環境も、状況も、あまり関係がないようだが。

ものを口に入れたい気分じゃない、と言いたいところだったけれど、生理的な欲求からは逃れようがなく、のどが渇いていたわたしは、オレンジジュースを取ってもらった。

「……目のこと、黙っててごめん」

一口飲んで（おいしかったが、吐き出すほどじゃない）、物理的に体温を冷やしたところで、わたしは言った——謝った。

やっと謝れたと言うか、胸の支《つか》えがとれた。

ここまでの窮地に追いつめられないと、ろくに謝ることもできない自分の性格に、心底嫌気が差すけれど。

「ん？　目のこと？　ああ……」

と、双頭院くんは、座り直す。

「いやいや、気にしなくていいよ。なるほど、得心はいったがね。なるほど、だから僕が目の美しさを誉めたら、あんな風に怒っていたのか」

お前も気付いてたのかよ、わたしが目の美しさを誉められたら怒っていたことに！　その上であんな風に何度も何度も繰り返し、しつこく誉め続けていたのか！

ここでこそ怒鳴りつけそうになったが、しかし、運転席と後部座席の間が、ディバイダーで仕切られているわけでもないのだ。

もとより声は筒抜けなのだが、あまり大きな声を出して、麗さんや『トゥエルヴ』さんに、はしゃいでいるとか、ふざけているとか、そんな風に思われてはまずい。

「だが、短所をけなされて怒るというのならともかく、長所を誉められて怒るという理屈はわからないがね」

「……長所と短所なんて、おんなじようなものでしょ。わたしに限らず、美しいって言われて嫌がる人、結構いると思うよ」

「そうかね」

まったく理解できないというように、双頭院くんは両手を広げる。

まあ、わからないだろうな……。

わたしは自意識過剰の女子中学生だけれど、こういう子の自意識は、なんと表現すればいいのだろう――対照的に、自意識に欠けているというわけでもないし。

わたしが、所在なく眼鏡をいじりながら、そんなことを考えていると、

「美しいか美しくないかはさておいて、それは宇宙飛行士になりたいというきみの夢にとっては、有利な特性ではないのかね？　宇宙飛行士というのは、視力がいいに越したことはない職業なのだろう？」

と双頭院くんが訊いてきた。

鋭い――と言うより、痛いところをついてきた。

まさしく、問題はそこにあるのだから。

長所と短所は同じようなもの。

過ぎたるは及ばざるがごとし。

どころか、良過ぎることは、ときに、悪いよりも、よっぽど最悪なのだ。悪いのならば諦めもつくが、良過ぎるからというのでは、諦めようもなく――

「……視力がいいっていうのは、視力を酷使するってことなのよ」

「ふむ？」

「わたしの目は、確かにいいわ。壁の向こうに隠れている人を目視できるくらい――撃ち落とされる軍事衛星を目撃できるくらい。だけどね、少し良過ぎるの」

「ふむ？」

「酷使なんてしたら、わたしの目、二十代で失明するんだって――だから、こうやって普段は眼鏡で『保護』してるの」

だから――諦めなければならない夢なのだ。

宇宙飛行士なんて職業を、それに、目を使うような仕事を、わたしは夢見てはならないのだ――そんな夢は、失明という現実と、とても引き替えにできるものではない。

スマートフォンを使うことにさえ神経質にならなければならない身で、将来なんて夢見れるものか。

しかし、諦められずにいる。

宇宙飛行士になるための、具体的な努力なんて何もしなかった――それはある種、夢を諦めるための努力だった。

それでも、諦めきれない。

できないから諦めるというのなら、わかる――だけど、出来過ぎるから諦めるというのは、いったい、どんな話なのだ？

　肯定されて、拒絶される。

　誉められて、抹消される。

　才能って、なんなのだ。

「なるほど。だから瞳島眉美くんは、美形が嫌いなのだね。人間の長所というものを、無意識下で嫌う傾向があるわけだ」

　双頭院くんが納得したように頷いたが、いや、それは普通に嫌いなのだが――それとも、双頭院くんの言う通りなのだろうか？

　美声。美脚。美食。美術。

　そんな才能を十全に発揮する彼らに、反発心を覚えなかったとは、決して言えまい。

「わかるわかる。僕の美学も、よく反発を招くのだ」

　それはただ反発されているだけだと思う。

　その迷いのなさ、悩みのなさは、羨ましい限りなのだけれど。

「しかし、それもまた得心いった。だから瞳島眉美くんのご両親はきみの宇宙飛行士になりたいという夢に反対しているわけだ。ふうん、それはご両親が正しいね」

　ここに来て急にまともなことを言うな。

　え、嘘、正しいけれど美しくないとか言ってくれないの？

そりゃないよお。

「少年であることと、反抗期であることは、必ずしも一致しないのだ」

「そうなんだ……」

少年の定義は、意外と複雑のようだった。

まあ、双頭院くんのようなぶっ飛んだ変人から見ても明らかなくらい、明らかなことなのだと、観念しておこう……ただ。

それもまた、複雑な気持ちである。

両親がわたしのことを考え、わたしのために言ってくれるのはわかっている——なのに、結果として、取り返しがつかないような不和が、我が家には生じてしまった。

憎しみではなく、愛情ゆえに、家庭が壊れる。

そういうこともある。

けれど、それを認めてしまったら、何もできなくなってしまうのではないだろうか？

正しさなんかに負けたら、それじゃあまるで、わたしが悪いみたいじゃあないか——

「少年であることは、夢を見ることではあるけれど、しかしその意味するところは、決して夢を諦めないことではない——何度でも夢を見ることなのさ」

双頭院くんは頭の後ろで手を組んで、ふんぞり返りながら言った——美少女の姿のままで取るには、いささか行儀の悪いポーズであることは、今更である。

「安心したまえ、瞳島眉美くん。夢を見つけるのは、星を見つけるよりは、きっとたやすい」

29 道案内

驚くべき速度で、リムジンは指輪学園中等部まで舞い戻った――とんぼ返りではあるのだが、とんぼならば、こうも速くは戻れまい。『トゥエンティーズ』の『トゥエルヴ』さんは、さすがボスが乗るクルマの運転を任されるだけあって、名ドライバーらしい。学《まな》び舎《や》のそばにリムジンとは、似つかわしくないことこの上ないだろうけれども、しかしながら、そもそも単純なサイズだけ見ても、悪事を働くには目立ち過ぎるクルマである。

どうして麗さんは、こうも目につくクルマで、悪事を働くのだろうという点に、疑問が沸くが、しかし案外、盲点なのかもしれない。

少なくとも、そうそう職質を受けることはないだろう――まあ、麗さんが、単に派手好きというのもありそうだが。

何にしても、普通に考えるよりもずっとスピーディに、わたし達は学校に到着した――当然、これは麗さんの策略に違いない。

咲口先輩が想定するよりもずっと速く事態を進行させることで、対応する余裕を与えない——後部座席に戻ってきて、麗さんは例の、『13』さんの携帯電話を取り出した。

助手席でも電話はできるだろうに、あえて後ろに戻ってきて、わたし達三人の前で電話をかけるのには、どういう意味合いがあるのかな——素人《しろうと》考えを述べさせてもらうなら、人質の無事を訊かれたときに、代わりやすいようにだろうか？

ただ、その点では、咲口先輩は麗さんの一歩前を歩んでいた——先んじて電話をかけたはずの麗さんに対応したのは、

「……申し訳ありません、ボス」

という、低い声だった。

知らない男の人の声……。

それを受けて麗さんは、すぐにスピーカーモードをオフにした。

自分の部下の、あまり格好いいとは言えないしゅんとした声を、わたし達に聞かせるのが忍びなかったのかもしれない。

心中、お察しすると言うか……、人質本人に、交渉の応対をさせるとは、なんだろう、咲口先輩も、なかなかえげつないことをする。

交渉の前哨戦《ぜんしょうせん》としては、美少年探偵団が先手を取った形だ。

「ええ……いいわ、別に。この埋め合わせはしてもらうから。埋め合わせる機会は必ず作

るから。大丈夫なの？　ああ、そういう意味じゃなく……、あんた達は大丈夫なのって意味。ふうん……、でもまあ、子供達が援軍を呼んでいないっていうのは、いいニュースだわ」

相手の声が聞こえなくなってしまったので、麗さんの台詞のみから判断するしかないけれど……、咲口先輩は、結局、警察に頼らないことにしたらしい。

まあ、被害が出れば警察は動いてくれるとは言っても、実際にわたしやリーダー、生足くんが人質に取られてしまえば、そうは決断できないか……。

「で、ここからは？　私が一人で、三人を連れて、校舎の屋上に行けばいいの？　ああ、眉美ちゃんが、天体観測をしていた場所ね？　ふうん……ま、お誂《あつら》え向《む》きね。いいわ……いえ、このまま通話は維持しておいて」

わたし達の様子をうかがいながら、麗さんは部下とやり取りをする——スピーカーモードをオフっておきながら、わざわざ、相手の発言の要点を、繰り返して言うのは、気配りというわけでもなく、聞き耳を立てているわたしあたりの反応を見ているのだろう。

咲口先輩が、麗さんを出し抜こうと罠を仕掛けているとすれば、いったいどこなのか——それがわかれば、逆手に取ることができるから。

「降りて」

とわたし達に言って、麗さんは携帯電話を頭に添えたまま、先に降りた——双頭院くんは自然な流れで、未だ眠ったままの生足くんをおんぶした。

その辺、それなりに甲斐甲斐しいと言うか、かろうじてリーダーらしい気遣《きづか》いは、できるみたいなのだが……、尊敬はされていないが人望はあるのも、わかろうというものだった。

美少女が美少年をおぶっている図は、やはり、倒錯的な雰囲気があって、得も言われぬ味わいだったけれど……。

夜の学校。

最高速度で取って返したとは言え、それでも下校時刻はとっくに過ぎていて、校内に人気はなくなっている——ちょうど、わたしが天体観測をしていたような時間帯だ。

わたしは校舎の屋上で、夜、星を見るのが好きだ——わたしは校舎の屋上で、夜、星を探すのが好きだった。

けれど、構文に含まれる最大の間違いは、それが本当に、わたしの好きだったことかどうか——なのかもしれない。

警備員さんはもういないにしても、『トゥエルヴ』さんをリムジンに残し、わたし達を引き連れた麗さんは、セキュリティをあっさり突破する——この分じゃ、学校の中は安全だという考えかたも、常識に囚《とら》われた思い込みでしかなかったようだ。

本物の犯罪者の前には、安全圏なんてない。

学校の中だろうと、家の中だろうと。

「さて、と——ここから先は、眉美ちゃんに協力してもらうわよ」

校舎内に這入ったところで、麗さんが言った。

わたしが天体観測をしていた校舎を、当たり前みたいに特定していることは、今更驚きもしないけれども——協力？

そう言うが早いか、彼女はわたしの眼鏡を取り上げた——何をするんですか、と文句を口にする間もなく、彼女はわたしを、肩を組むように引き寄せた。

まさか咲口先輩相手に『私達、仲良しになりました』というアピールをしたいわけでもあるまい——なんのつもりなのかと思ったが、

「あなたの目を、活用させてもらうわね。壁の向こうだって見えるという、その目を」

と、麗さんは言った。

どうやっているのか、組まれているのは肩だけれど、わたしの頭部はがっちりと固定されて、動かなくなった。

「罠があったら、それを見つけて頂戴。ああ、別に口に出して教えてくれなくてもいいのよ——表情を見れば、だいたいのことはわかるから」

「…………！」

実際、このとき、わたしの感じた恐怖は、浮かべた表情から雄弁に伝わったことだろう

――この人、なんてことを考えるんだ。わたしの目を、暗視カメラ代わりに使うつもりなのか――まずい。

何がまずいって言って、咲口先輩は、わたしの目のことを知らない――麗さんを出し抜くために、どんな作戦を練り、どんな罠を張っていたとしても、それらは、わたしの目を前提としていないのだ。

良過ぎる視力を、計算に入れていない。

わたしがリムジンの中で、双頭院くんに『目のことを黙って』いた件について謝っていたのを、助手席で聞いていたんだ――わたしが美少年探偵団の面々に、言うなら腹を割っていなかったことが、あれで完全に露見した。

「依頼人は嘘をつく――探偵業の基本だけどね」

と、くすりと笑う麗さん。

あの時点から、既に彼女の策略は始まっていたということか――席を外すことで、わたしが双頭院くんと、どんな話をするのか、耳聡く聞いていたわけだ。

麗さんは、人質交換の取り引きには応じたものの、わたしを誘拐し、移送するという仕事自体を放棄するつもりはない――三人の部下を取り戻したのちに、あるいは同時に、通常任務に戻るつもりでいる。

ならば最悪、わたし達三名が解放されないだけではなく、美少年探偵団の残るメンバー三名さえも、さらわれてしまうことになりかねない――それも、わたしの目が活用……否、利用されてだ。

利用どころか、悪用だ。

わたしではまったく使えなかった視力をこんな風に役に立ててしまうという点において、麗さんは卓抜していたけれども、わたしはただただ、落胆していた。

役に立てられなかったどころか、わたしを助けようとしてくれている人達の、迷惑にまでなってしまうなんて。

なんてことだ――なんて目だ。

どうしてわたしがこんな目に――どうしてわたしにこんな目が。

「……うう」

わたしは、背後を歩く双頭院くんに、なんとか合図を送れないものかと思う――せめて、彼らだけでも逃がせないものか？　意外と筋肉質な生足くんだが、それでもあの体型だ、体重は重くはないだろう――彼をおぶったままでも、走ることはできるはず。

わたしがこんな風に、がっちり拘束されたということは、その分、双頭院くんへのマークは薄くなっている――だから、今、双頭院くんが、進行方向と逆向きに、ダッシュしてくれたら。

……くれるわけないか。

既に逃げるチャンスを、一度ふいにしている彼である——ここでわたしを置いて逃げたりはしないだろう。

だからと言って、唯々諾々《いいだくだく》と、無策でついてこられても、まったく探偵としての役割を果たしていないと言わざるを得ないが。

逃げ出さないなら逃げ出さないで、何かリーダーなりのリーダーシップを取ってくれてもいいのだが……、言うことは変わっているけれど、双頭院くん、意外と奇行らしい奇行は取らないんだよな……。

「安心して、抵抗さえしなければ、乱暴はしないわ——あなたにも、美少年探偵団の子供達にも。いや、実際、会うのが楽しみよ。そんな団体名を名乗る子供達が、本当に美少年なのかどうか」

まあ、その期待には大いに応えられると思う。

「美少年か。売ればお金になるかもねえ」

穏やかでないことを、あながち冗談でもなさそうに、麗さんは言うのだった。

ロリコンの美少年でも需要はあるのだろうか？

そんなことを思う——こんな馬鹿な考えもまた、表情を通して、麗さんに伝わってしまっているのかもしれない。

こうなると、わたしなんかには見抜けない巧妙な罠を、咲口先輩が仕込んでいることを祈るのみだった。

今のところ、進む先にも、曲がり角の向こう側にも、何も見えないけれど……、しかし、無防備を通り越して無謀でさえある団長と違って、あの副団長が、完全に無策で人質交換に臨むとも思えない。

無策なら無策で困るのだ……。

していうちに――と言うか、どうすることもできないうちに、夜の校舎の階段を昇り、取り引きの指定場所である屋上へと続く鉄扉《てっぴ》の前にと、わたし達四人は到着する。

その間も麗さんは携帯電話で、囚われの部下との会話、やり取りを続けていた――わたしを『目』として使っているだけではなく、捕られている人質もまた、彼女の『目』になっているようだ。

人を手足のように使う――どころか、五感すべてとして使う。

悪の組織とは言え、人の上に立つに、これほどの才覚はないだろう。

「………」

目を閉じることも許されず、わたしは鉄扉の向こう側を見る――見透かす。

まじまじと。

そうして見えているものを、つまりわたしの視界を言語化することは難しいけれど、しかし言語化するまでもなく、麗さんには、わたしの見ている景色は伝わっているだろう

――強いて言うなら、夜の暗さもさして関係なく、とは言わないまでもさして影響なく、六人分のシルエットが、うすぼんやりと見えている。

子供のシルエットが三つに、大人のシルエット三つ。

美少年探偵団三名と、『トゥエンティーズ』三名。

追加人員はいない――少なくとも、見える限り罠はない。

わたしから得られる情報と、部下との通話で得られる情報を併呑《へいどん》して、どのように勘案したのかは定かではないけれど、麗さんは一瞬、そこで足を止めて、

「双頭院くん、きみが開けて」

と、後ろに向けて言った。

「うむ。任せたまえ」

やけに尊大に受け、果たして双頭院くんはノブに手を伸ばす。善女悪女かかわらず、女性を前におこなうレディーファーストは、美しいのかもしれない。

そして――

30 敗因

途端、真上から脳天を殴りつけられた。

のかと思うくらいの、強烈な光を浴びせられた——何が起こったのかちんぷんかんぷんで、だけど、むろん、わたしの視力は良過ぎて、眼鏡を外している限りにおいて、あるいは眼鏡を取り上げられている限りにおいて、『強烈な光』にも、目がくらんだりはしない。闇の中だろうと、光の中だろうと、まったく問題なく可視範囲だ。

それが何なのかを、即座に理解する。

わたしに浴びせられたのはサーチライトだった。

否、わたしにと言うより、わたし達四人に——もっと言うならば、麗さんひとりに、上空から浴びせられた、それは、暴力的な制圧の光線だった。

「…………」

わたしと違い、あくまでも平均的な視力の持ち主であろう麗さんは、まぶしそうにそれを見上げ——片手でサングラスをかけて、その光を放っているのが、人体サンプルの蒐《しゅう》集《しゅう》を目論む未確認飛行物体ではなく、ヘリコプターであることを理解する。

昨夜、わたしが乗ったヘリコプターとは違う、けたたましいプロペラ音とは無縁の、静音ヘリである——角度的に全文は見えないけれど、その胴体には『……県警』という文字がプリントされていた。

「ふっ。僕を照らす歓迎のスポットライトにしては、いささか強過ぎる光だな。さすがの僕もかすみかねない」

などと、ドアを閉めながら言っている双頭院くん——馬鹿なことを言っているが、その実、ノブを握っていた立場を利用して、さりげなく、その行為は麗さんの逃走経路をふさいだということでもあった。

視線を降ろし、わたしは正面を見る。

その鉄扉のあちら側から見えた、シルエット通りの六人が、そこには立っていた——美少年探偵団の三人、咲口長広、袋井満、指輪創作。

美声のナガヒロ、美食のミチル、美術のソーサク。

ほんの数時間離れていただけなのに、すごく懐《なつ》かしく——こうして再会できたことが奇跡のように思えた。

自分がそんな風に、エモーショナルな気持ちになることがあるなんて、信じられなかったけれど——だが、それよりも現実的な驚きが、目前にあった。

彼ら三人と一緒にいる、三人の人質。

三人の大人——囚われの『トゥエンティーズ』のメンバー、『13』、『18』『19』。

ではなかった。

『トゥエンティーズ』のメンバーを、全員、わたしは把握しているわけではないけれども——でも、わたしと生足くんが、指輪くんに描いてもらった似顔絵の、誰とも違う。

わたしを追尾する連中をとらえるにあたっては、あの似顔絵が参照されたのだから、少なくとも、とらえた人質のひとりくらいは、それと一致していなければ不自然だ――だけど、三人の大人は、その誰とも違う別人で。

拘束されてもいなかった。

と言うか、服装こそカジュアルなそれではあるけれども、警棒を持って構えているその立ち姿は、明らかに、警察官のそれだった。

「メンバーの中に犯罪者がいるばかりか、刑事のお友達もいたってわけね――」

と、わたしを抱えたまま、麗さんは小声で言った。

理解が早過ぎる麗さんの台詞の、その意味するところは、わたしには即座にはわからなかった――けれどきっと、ただ警察を呼ぶだけではなく、こんな風に協力態勢を取っているという事実が、彼女にとっては意外な出来事だったのだ。

いや、違う。

わたしにとっての意外な出来事はともかく、彼女にとっての意外な出来事は、そんなところにはない――もとより、罠であることを覚悟した上で、麗さんはこの取り引きに応じたのだから。

何があっても、本来は驚きはしない。

覚悟はできていたはずなのだ――そして、彼女が覚悟をしていた以上、どんな罠であっても、引っかかるはずがないのだ、しかし。

「……ふむ」

手にしていた携帯電話をぱっと離して、屋上の床にからんと落とす。転がった携帯電話には目もくれず、麗さんは、

「私と話していたのは、最初から一貫して、ずっときみだったのかしら？」

と、正面に向けて言う。

そこに立っていたのは我らが生徒会長。

美声のナガヒロだった——彼もまた、手にしていた携帯電話を、耳から離した。麗さんが落としたのと同じデザインの携帯電話——おそらく、『19』さんの携帯電話なのだろう。

「ええ、その通りです、ボス」

と、咲口先輩は言った。

普段の彼の、プロの声優さながらの声音とは、ぜんぜん違う声色——先ほどリムジンの車中で聞いた、『19』さんの声だった。いや、だとしたら、『19』さんの声なんて、わたしは一度も聞いていない——聞いていたのはずっと、生徒会長のスピーチだった。

「たまたま似た声の持ち主……、ってわけじゃなくて……、声帯模写？」

「ええ、その通りです、ボス」

同じ台詞の繰り返しではあったが、今度は咲口先輩の声だった——いい声だった。そんな風に示されては、わたしがいくら鈍《にぶ》くても、この副団長が何をし、何を企《たくら》んだのかは、

とてもわかりやすかった。

人質の無事を伝えるためではなく、部下を装って麗さんとコミュニケーションを取ることで、屋上には『罠がない』と、言外に伝えようとしたのだ——麗さんと部下の……、『トゥエンティーズ』の強い信頼関係が前提の作戦である。

声帯模写。

美声のナガヒロ——七色の声を持つ美少年。

ただいい声というだけではなく、どんな声でも出せるのか——いや、さらっとやっているけれど、これはとんでもない技術なんじゃないのか？

単に声を似せればいいというものじゃない。

しゃべりかたのニュアンスや癖、単語のセレクト、含まれる感情、相手との関係性——電話を通してとは言え、他人になりすますというのは、まったく生半《なまなか》なことではない。

それをこのボイスアクターは、澄ました顔でやってのけた——大人相手に渡り合った。

「ご安心ください、あなたの部下は三人とも無事ですよ。保証した通り、丁重にもてなされていますー——今頃、人権に配慮された取り調べを受けているはずです」

「……そう」

麗さんは静かに頷く。

罠に引っかかり、包囲された身にしては、彼女はまったく敗北感を滲《にじ》ませてはいなかった——見事、悪党をひっかけてみせた咲口先輩も、勝ち誇ってはいないし、得意顔さえしていない。

そりゃあそうだ。

麗さんは、文字通りわたしの首根っこを押さえているし——双頭院くんと生足くんも、いまだ彼女の射程距離範囲内である。

まったく勝負は終わっていない。

「打ち合わせもなしに、よくもまあ、これだけのことを——それとも、双頭院くん。これはあなたの指揮なのかしら？　あなたなりのリーダーシップ——あのとき、電話で話していた、『中華料理』っていうのは、作戦名だったりするの？」

「ぜんぜん？」

双頭院くんは、その買い被りを、全面否定した。

なんなんだよ、このリーダー。

「あっそう。じゃあこれは、あなた達の普通のやりかたなわけね……、そこはまあ、納得するとして……、眉美ちゃん」

ぐっと、更にわたしを、自分の身に引き寄せるようにして、麗さんは言った——その声がにわかに、真剣味を帯びる。

「私が騙《だま》されたのは私の間抜けだとして……、どうして眉美ちゃんは、罠を見抜けなかったのかしら？　鉄扉越しのぼんやりとしたシルエットじゃあ人質が入れ替わっていることまではわからなくとも、あなたの視力なら、ヘリの存在に気付かないわけが――」

「おいおい！　まさか、真面目に言っているのかね！」

麗さんの、至極《しごく》真っ当としか言いようのない指摘を、まるで笑い飛ばすように双頭院くんが言った。

「いったい自分が何をしたのか、わかっていないのかね？　この結末は、あなたがたにとって、そして物語にとって、まさしく必然でしかないというのにね！」

「……どういうことかしら？」

あれだけ察しのいい麗さんが、本当にわからないようで、ただ疑問そうに、そう問う――しかしそれは、当事者であるわたし本人も、気持ちをまったく一にするところだった。

咲口先輩の仕掛けた罠が見抜けなかったのは、そりゃあそうだ――わたしの『目』は、あくまでも視力であり、聴力ではない。

音で罠を仕込まれれば、見抜きようがない。

だが、静音とは言え、ヘリなら別である。

これは、わたしの目のことを知った上で仕掛けられた包囲網ではないのだ――咲口先輩の立場では、援軍を控えさせるのはむしろ当然だ。

ただ、どう控えさせようと、その罠はわたしの可視範囲。尾行も待ち伏せも、どんな罠でも否応《いやおう》なく看破するわたしに、なんでもかんでも目撃してしまうわたしの目に——どうして上空で彼女を待ち構えるヘリコプターの姿が見えなかったのだ？

麗さんとわたしが、揃って双頭院くんのほうを向くと、彼はいまだ人質の身でありながら得意顔で、真上を指さした。

ヘリを指したのではない、空を指したのだった。広がる満天の星空を、双頭院くんは指さしたのだった——それはわたしが十年間、無為に見続けた空だった。

「瞳島眉美くんから空を見上げる気力を奪ったのは、他ならぬあなたがただろうに！」

31　逮捕劇

ぼそり、と麗さんは呟いた。

先述の通り、わたしの『長所』は視力に特化されているので、その独り言《ひとりごと》ははっきりと聞こえたわけではないけれど、どうやら彼女はこう言ったようだった。

『このくらいの人数ならなんとかなるけど、まあいいか』

え……？　それって、どういう意味？

と、考える間もなく、彼女は、肩を抱くようにしていたわたしから、手を離した——取り上げていた眼鏡を渡してから、戸惑うわたしの背中を軽く押して、

「行っていいわよ」

と言う。

そして双頭院くんと、彼が背負う生足くんを振り返って、「きみ達も、どーぞメンバーのところに」と続けた。

「ふっ。お言葉に甘えさせてもらおう」

双頭院くんはそう言って、棒立ち状態のわたしの手を取り、咲口先輩達のほうへと引っ張る——その力はやっぱり、女装していようと、男の子のそれだった。

そしてわたし達と入れ替わるように、人質役を務めていた三人の大人達——刑事さん達が、麗さんのほうへと向かう。いっさいの抵抗をせず、自ら両手を揃えた麗さんは、取り囲まれ、手錠をはめられ、あっさりと拘束された——そして連行されていく。

校舎内へと這入るとき、刑事さんのひとりが振り向いて、

「ほどほどにしておけよ、ミチル」

と言い残した——袋井くんの知り合い？

そう思って彼を見ると、

「『お友達』じゃあねえよ」

と、袋井くんは嫌そうに言った。

「守坂《もりさか》のおっさんには、昔、ちっとばっか世話になったってだけだ――俺がグレてた頃にな」

今もグレたままなのでは?

まあ、そう言えば袋井くんは、警察について、えらく知ったようなことを言っていた――ともあれ、美少年探偵団は、細いながらも警察とのパイプがあったらしい。

お蔭で命拾いした。

いや……、命拾いした理由は、麗さんが見逃してくれたからなのかもしれない。わたしのことだけじゃなくって、美少年探偵団のことも。

子供であることは、やはり最大の武器だった。

それを認めるのは悔《くや》しくもあるけれど。

ヘリコプターが夜空を去っていくのを見送ったところで、双頭院くんがメンバーに向かって、

「よくやったぞ、諸君。今回の事件は、またしても美少年探偵団の輝かしくも美しい冒険として、記録されることだろう」

と、仰々《ぎょうぎょう》しく言った――助けられた人が、なぜか一番誇らしげだ。

「本当の冒険は、これからですけれどね……、私達はこれから警察署で、こってり絞られ

ることになるでしょう。やれやれ、本当のことを、どこまで話したものやら……」

対照的に、悩ましげに言う咲口先輩。

まあ、それはそうだ。

麗さんは、わたしを見逃してくれたけれども、しかしそれで、何かが解決したわけではない――わたしが目撃した事実が、消えてなくなったわけではないのだ。

かと言って、真相を話せば、大混乱になることは容易に想像がつく――解決しなければならない現実的な問題が山積みだった。

今日、こういうことがあった以上、すぐに何か、続けざまに起こるということは、ないとは思うけれど――それがわかっているからか、咲口先輩だけではなく、袋井くんも、指輪くんも、決して表情が明るいとは言えなかった。

「そんなことより」

と。

そこで、双頭院くんにおぶられていた生足くんが目を覚ましたようで、疲れの抜け切らない気だるげな調子で言った。

「何か食べるもん、ない？　腹ぺこだよ、ボク」

「……あるよ。お前の好きな中華が一通り」

と、袋井くん――美食のミチルが答えた。

さすが美少年探偵団のコック。

リーダーの注文通りだった——今更ながら、双頭院くんのあのオーダーは、一番体力を使った生足くんをねぎらうためのものだったと、わたしは理解した。

推理もしないし、活躍もしないリーダーだったが——それでも、麗さんとは違う意味で、彼もまた、人の上に立つ資格を持つリーダーのようだった。

「瞳島。ちゃんと飲み込むって約束するなら、お前も食っていっていいからな」

袋井くんからそんな風に誘われて、ひねくれ者で素直じゃないわたしは、しかしどうにも抗《あらが》いようなく、「いただきます」と、まっすぐ頷いたのだった。

様々な問題を山積みにしたまま——いや。

そういうのはもう、やめにしよう。

32 エピローグ

翌日の放課後、美術室を訪ねようと、わたしが人気のない廊下を歩んでいくと、行く手に、過剰に色っぽい女教師が立っていた——背中が大きくあいた衣服で、過剰と言うか、過激でさえある。こんないかにもな美人先生がうちの学校にいただろうかと思ったが、しかしよく見れば、その女教師は麗さんだった。

麗さん⁉

「ああ、そんなに驚かないで――脱獄は趣味みたいなものなの」

澄ました顔で、さらりととんでもないことを言う。

「可愛い部下が三人、捕まってたからね――それを救出しなきゃいけなかったから」

「…………」

相変わらず、わたしが無言のうちに、次々と疑問に答えてくれる。

なるほど、わたし達が子供だからというだけで見逃してくれるほど、甘い人ではなかったか――いや、それだって結局、部下のために一旦とは言え捕まったりするのだから、やっぱり甘い人なのかもしれない。

いずれにしても、訊くまでもなく質問に答えてくれるというのなら、わたしが今、考えていることも当然、伝わっているだろう――どうして彼女が、学校の中に、変装して侵入してきたのか、だ。

変装の技術は、美少年探偵団の美術班に、勝《まさ》るとも劣《おと》らないクオリティだけれど――

「仕事よ、仕事。イッツ・マイ・ビジネス」

そう言われて、わたしは身構える。

身構えても無駄か？　この人が、昨日の今日でわたしをさらいに来たのだとしたら、それを防ぐすべはない――

「じゃなくって。届け物——今回は、あなたが受け取る番よ」

「と、届け物……ですか？」

やっとのことでわたしが発声すると、

「ええ。メッセージが一件、届いているわ」

と、麗さんは悠然とこちらに近づいてくる。

「昨日、あなたを拉致してくるよう言ってた人達から、なんだけれど……、ああ、安心していいわよ？　大事《おおごと》になるのを、一番避けたがってる人達だから——昨日の私達の失敗を受けて、そちらの依頼は撤回されたわ」

「………………」

信じていいものかどうか、わたしは判断に迷う——冷静に考えれば、昨日、麗さんを騙したのはこちらなので、この用心もちょっと理に適ってはいないのだけれど。

「代わりに、連中はあなたに取り引きを持ちかけている——連中は、あなたを十年間、監視していたからね。ゆえにあなたの夢が宇宙飛行士であることを、当然、知っている——そして、なんとなく察しはつくだろうけれど、連中はそこそこ、この国の宇宙開発について、大きな影響力のあるグループよ」

ＪＡＸＡとは言わないまでもね、と麗さんはくすくすと笑いながら言う——おどおどとした、わたしの反応が余程面白いらしい。

いや、あるいは、『届け物』であるそのメッセージの内容が、愉快でたまらないのか。

「はあ……それは、そうだと思いますけれど……、でも、それがどうかしたんですか？」

「だから、取り引きよ――ロリコンくんが私に仕掛けたのとは違う、騙しも騙されもない、真っ当な商取り引き。もしもあなたが、十年前に見たものについて、黙っていてくれるなら――あなたの将来について、力になってくれるんだってさ」

「力に……って」

「つまり、あなたを宇宙飛行士にしてくれるってことでしょ？」

麗さんはにやついたままで、言った。

「おめでとう、と言うべきかしらね――あなたの十年は、十年にわたるあなたの孤独な天体観測は、これで無駄でなかったことになる。むしろ、宇宙飛行士への最短コースを歩んだって感じ？　もっともコストパフォーマンスよく、あなたは宇宙へ旅立てる――望んでいた星はなかったけれど、火星くらいには降り立てるでしょうよ。……もちろん、あなたの目についてのケアは必要でしょうけれど、ま、連中としても、面倒なことを知ってしまっているあなたを、身内に取り込んだほうが得策だと判断したのでしょうね。もしも」

「お断りします」

「そう、もしもお断りするなら――って、え？」

麗さんは笑みを消して、真顔に戻った――そのさまは、なかなか痛快であり、昨日から数えて、ようやく彼女に、わたしは一矢報《いっし》いることができたと思った。

「断るの？　……いや、それならそう伝えるけれど——でも、こんないい話、って言うか、こんなお得な話、生きててそうそうないわよ？　悪党の私が言うんだもの、間違いないわ。向こうに目論見はあるにしても、それをしたたかに利用してあげればいいじゃない。あなたの将来がかかっているんだから、そんな急いで決めることじゃないのに」

将来がかかっている？

それがどうした。

命がかかっているときでさえ、すぐにこう答えた奴を、わたしは知っている。

「その生きかたは、美しくない」

ぽかんとした麗さんだったが、そこはやはりできる女性だった、すぐに「あっそ」と、意識を切り替えたようで、妖艶な微笑を浮かべ直した。

「心配しなくとも、十年前に見たものについては、誰にも喋るつもりはありません——美少年探偵団は、依頼人のほうに守秘義務がある組織なんです」

「なるほどね。じゃ、そう伝えておくわ」

長居は無用とばかりに、麗さんは廊下を歩み出す——と、そこで思い出したように、

「ああ、そうそう、眉美ちゃん」と、首だけで振り向いた。

「あなた、普段からそんな格好してるのかしら？」

「え？　あ、えっと」

「似合ってるわよ――いや、別に、個人の趣味に口出しするつもりはないんだけれど、だってほら、眉美ちゃんとは」

長い付き合いになりそうだから、さ。

そう言い残して、犯罪組織『トゥエンティーズ』のボスは、モデルウォークさながらの自己主張の強い、しかし優雅極まる足取りで、学び舎の廊下をランウェイのように去っていったのだった。

……長い付き合い？

昨日と言っていることが真逆だが、どういう意味だろう――もしも、わたしがこれからしようと思っていたことを、表情から鋭く看破しての台詞なのだとすれば、そんな空恐ろしい話はなかった。

だからと言って、いつまでも廊下で佇んでもいられない――わたしは歩みを再開して、美術室へと向かう。

美術館さながらの美術室。

美少年探偵団の事務所へと。

「ごきげんよう！」

扉を開けるとき、どういう挨拶をすればいいのかがわからなくて、結果、そんなわけのわからない第一声を発することになってしまった——中にいた男の子達の、訝しむような視線が、またしても一身に集まる。

恥ずかしい……、でも『失礼します』も『お邪魔します』も、なんだか今更他人行儀というか、そぐわないような気がしたのだった。

ただし、わたしに集まったその視線は、必ずしも、その奇異な挨拶だけに基づくものではなかった。

メンバーのために紅茶を準備していた美食のミチル——袋井満くんが、露骨に嫌そうに、「なんのつもりだ、そりゃあ」と言う。

「どういう方針転換だよ。お前は辞任するまでバッシングしておいて、辞めたら辞めたで『辞めるなんて無責任だ』って責め立てる奴かよ」

強い強い強い強い。

風刺が強い。

「個人的には、女の子はスカートのほうが好きなんだけどなー。でもまあ、どうせみんな黒スト穿くなら同じだよねー」

と、美脚のヒョータ——生足くんこと足利飆太くんが、ソファにひっくり返った姿勢で言う。昨日の疲れはもう残っていないようで、むき出しの足をぶらぶらさせている。

「いや、私はいいと思いますよ。そのウィッグも、まったく自然で、さまになっているではありませんか」

　そんないい声で、美声のナガヒロ——咲口先輩は、鷹揚に言う。麗さんをやり込めた、昨日一番の功労者と言える、知略謀略併せ持つ彼ではあったが、しかし、この髪型がウィッグではなく、わたしの地毛であることは、見抜けないらしい。ある程度以上に育った女子のヘアスタイルには興味がないのかもしれなかった——この断髪については、不仲で不和な両親に対する、わたしなりのけじめでもある。

　美術のソーサク……指輪創作くんは、相変わらず無言だった——麗さんを見習って表情を読むなら、完成度の低さに不満があると言ったところだろうか？　まあ、結局メイクの仕方とか、彼からは教えてもらえなかったから、今のわたしは全身が見様見真似《みようみまね》だ——なかなか天才のようにはいかない。

「で、瞳島。なんで変装し続けてるんだよ。その美少年姿が気に入っちまったのか？」

　そう。

　現在のわたしの姿は、昨日、尾行をかわすために男装した姿、そのまんまなのだった——いや、だから、『そのまんま』なんて言ったら、天才児くんの不興を買ってしまいかねないが。

　短く切り揃えた髪とて、自分でやったものだから同じとは言いがたい——なぜと言われると、答えにくい。

いや、答ははっきりしているのだが、素直に答えにくい——これはわたしがひねくれているからと言うより、単に気恥ずかしいから。

誤魔化すように、わたしは美術室内をうかがう——あれ、肝心のリーダーがいないのだけれど？

「あの、双頭院くんは？」

「はい？　いえ、ですから、彼は小五郎ですから——授業が終わっても、すぐには来られませんよ」

咲口先輩が、その話は前にもしたはずだというようなニュアンスで答える——いや、確かにそんなようなことは言っていたけれども、その意味するところは、よくわからなかった。

小五郎だからなんだというのだ。

と言うか、とりあえず事態が終結を見たところで、根本的な疑問が浮上してくる——双頭院学くん。

美少年云々はともかくとして、どうしてあんな衆目を集めるであろう奇人が、他のメンバーのように、学内でその名を轟かせていないのか、だ。

……本当にあの子、うちの学校の生徒なのか？

でも、間違いなく、指輪学園の制服を着ているし……。

「ねえ、咲口先輩。つかぬことをお聞きしたいんですけれど、双頭院くんって、何年何組の生徒なんですか？」

「五年A組ですよ」

即答されて、一瞬ふうんなるほど、高校二年生だったのか、そりゃあ知らないわけだ、でも指輪学園には制服のデザインが同じ高等部もあるしね、と、欧米風に理解しかけたけれども、しかしここは日本だった。

五年生と言えば、それは小学五年生という意味である。

「ええ⁉　え、だから小五郎⁉　そういう意味⁉」

「はい。指輪学園には制服のデザインが同じ初等部もあるでしょう？」

いかにも、今更何を言っているんだという風に首を傾げる咲口先輩、それに美少年探偵団の面々だったが、当然看過できるはずもなく、わたしは追及しにかかる――かかろうとしたところで、

「はーっはっはっ！」

という高笑いと共に、美術室の扉が開かれた。小学五年生の課程を終えて、中等部まで移動してきた、美少年探偵団団長、美学のマナブ――双頭院学だった。

笑いながら這入ってくるのが正しいのか……。

「待たせたね、諸君！　ん、おやおや？　そこにいるのは誰あろう、瞳島眉美くんではな

いか――まったく、今日も美しい目をしているね！」

「…………」

出会って二秒で騒々しい。

男装のことにはいっさい触れず、しかし事情を重々知りながら、未だにわたしの目のことを言ってくるし――ただ、このときばかりは、不思議と腹は立たなかった。

それどころじゃなかったというのもあるが。

もともと、わたしより小柄ではあったし、小五だと言われれば、そんな風に見えなくもない――星についての知識のなさ、学はないと自ら言い切る知識不足も、単にまだ小学五年生だからだというのであれば、むしろ納得できる。

子供っぽいどころか、本当に子供だった。

中でも少年だった。

末っ子の弟は――団長だったのだ。

それでも納得し切れず、むろん、訊きたいことは山ほどある。どうして小学五年生が放課後中等部に遊びに来ているのかとか、小学生の身で中等部の有名な面々を従えているのかとか、どういった経緯で美少年探偵団は結成されたのかとか、どうやってこんな一癖もふた癖もある美少年のメンバーを集めたのかとか……、あと、A組なのはA組なんだとか。でも、そのすべての疑問を、わたしはぐっと呑み込んだ。

今は、訊きたいことより、言いたいことだ。

双頭院くんに会ったら、最初に言うことは決めていた。

そのために——こんな身形《みなり》をしてきたのだ。

「ねえ、双頭院くん。団員は随時募集しているって言っていたよね——じゃあ、わたしを、美少年探偵団に入れてくれないかしら?」

「はっはっは！　困るねえ、そんな風に頼まれて、僕が断るわけがないと知っておきながら！」

……そこまでの快諾をされると、意を決して言った側こそ困るのだが。快諾と言うか、ほとんど安請け合いみたいだ——確かに、こういう奴だと知っていたけれど。

「はあ⁉　お前、何言ってんだよ、瞳島！」

そんな袋井くんのリアクションこそが、むしろありがたい。生足くんも咲口先輩も、天才児くんも、わたしの発言に意表を突かれてくれたようだった——我ながら悪趣味で、性格の悪い限りではあるけれど、学内の有名人達があたふたする様は、見応えがあった。

「しかし、なぜだね？　どういう心変わりだい？　僕の知る限り、きみは宇宙飛行士になりたがっていたはずなのだが？」

ひとり、動じなかった双頭院くんだが、しかしそこはリーダーとして、メンバーの気持ちを代表する——そう、そういうところが、美学のマナブだった。

「双頭院くんなら、わたしの目の使いかたを、教えてくれるんじゃないかって思って——麗さんと違って、わたしの目を、正しく使ってくれるんじゃないかって思って。いえ、正しくじゃなくって……、美しく」

「ふっ。どうやらきみもまた、美しさの虜になってしまったようだね。きっとこういうことになると、僕には最初からわかっていたよ！」

私にはこの事件の犯人が最初からわかっていました、と、解決編になってから言い出す名探偵よろしく、双頭院くんが勝ち誇ったように胸を張る——ああ、そう言えば、そんな話もあった。

別に負けたとも思わないけれど。

そんなところで勝負するつもりは、もうない。

「目の使いかただって？　そんなことは自分で考えろと、ここで厳しく突き放せないのが僕の美学の泣きどころだ。よかろう！　美学とは、学ぶものであり、教えるものでもあるのさ」

「お、おい、正気かよ、リーダー。女子だぜ？」

袋井くんが身を乗り出しかけるのを、

「少年の心を持っているならなんら問題はない」

と制する双頭院くん。

「お前達のときも、別に審査なんてしていないだろう。僕達の仲間になりたいなどという変わった発想を持つだけで、入団資格は十分だ。そして、明智先生の助手と言えば、まずは小林少年が取り上げられるのは当然としても、先生にはマユミくんという少女助手がいたこともゆめ忘れてはならない——この符合を無視しては探偵とは言えないぞ」

いや、それはわたしも今初めて知ったけれど。

名前で選ばれても……。

でも、まあ……、小五郎の助手——か。

悪くはない。

「なのでミチル、お前は早速、新メンバー歓迎パーティのための料理を作りなさい。新入りにお前の存在意義を見せつけてやれ。他の皆も、準備に取りかかるのだ。ナガヒロ、歓迎のスピーチは任せたぞ。ヒョータ、お前のタップダンスを僕はとても楽しみにしている。そうだ、ソーサク、これを機会に、団員バッジを作るというのはどうかな？　デザインはお前に一任しよう。これについては、全力を出すことを許可する」

そんな団長の、偉そうを遥かに通り越して、横暴なまでの専決に、しかしメンバーの誰も、それ以上反対はしなかった——やれやれとばかりに、言われた通りに動き出す。

そして双頭院くんは、

「歓迎しよう、瞳島眉美くん。波乱の誕生日を過ぎて、それでも大人になり損ねたきみは、次なる夢が見えるそのときまで、再び空を見上げたくなるその日まで、ここで存分に羽根を休めていきたまえ。きみを輝かしく照らす新しい星が、いつかきっと見つかる。存分に探すがいい、探すことこそ僕らの本分だ。ようこそ、美少年探偵団へ」

と、わたしに右手を差し出してきた。

「美しく、少年のように、探偵をしよう」

「そして最高の団《チーム》になろう」

わたしは彼の手を、ぎゅっと握り返す。ハグくらい熱烈に。

十四歳になった最初の日、このようにわたしは、少しだけ誇らしく、少しだけ美しく、わたしの夢を諦めたのだった。

（始）

あとがき

将来の夢、みたいな作文を、子供は割と書かされたりしますけれど、それはまさしく『書かされたり』であって、自発的にはなかなか書かないはずだと思うんですよね。書かされる上で欠かせないものと言うか、『大人になったら○○になりたい』とか『将来は××をしたい』とか、そういったヴィジョンみたいなものを定めるというのは、結構高い技術が必要とされるように思います。でも、なんとなく、『将来の夢を見ない子供はとても不健全』という一般論が強いので、子供としてはしぶしぶ、既知の選択肢の中から、まあ華やかさとか高収入とか、フックの強い職業を選ぶことになるわけで、だったら子供の頃の夢が、将来叶わないことも多いのも、納得です。それは世の中がシビアだからとかじゃなくって、知識が増えて選択肢が増えたら、別にそれじゃなくてもよくなったからってのがあるんでしょう。将来の夢とか、未来の自分とか、そんなことを考えるのは、結局今の現実にいる現在の自分だから、まずはそこをどうにかしないことには、先のことも定まらないと言ったところでしょうか。個人的には将来の夢なんて、ひとつに絞る必要はないと思うので、考えつく限りの職業を全部書いちゃえばいいとも思います。どれかひとつでも叶えば、夢を叶えた奴になれる次第です。夢に至る道は一本道じゃないし、夢のある場所も一ヵ所じゃないって話ですか？　まあ夢を叶えたあとは、人間、誰しも次の夢を見ることになりますから、順列でおこなうのも並列におこなうのも、似たようなものなのではないでしょうか。大きな夢を持つのが褒められることなら、多くの夢を持つのも、同様に褒められるべき？

というわけで新シリーズです。新レーベルからの新シリーズ、その一冊目ということで、どういったものを書こうかとか、講談社ノベルスや講談社ＢＯＸとどう違いを出していけばいいだろうかとか、いろいろとあれこれ考えましたけれど、やっぱり第一に、自発的に書きたいと思うものでなければならないと思い、お読みの通りの内容と相成りました。それで却って、ノベルスやＢＯＸとの違いが出たような気もするので、結果オーライかと。そんな感じで『美少年探偵団　きみだけに光かがやく暗黒星』でした。

カバーイラスト、美少年探偵団の美しき面々は、キナコさんに描いていただきました。ありがとうございました！　文芸第三出版部には、講談社タイガでも、講談社ノベルス・講談社ＢＯＸ同様に、積極的にお世話になっていきたい所存ですので、どうかよろしくお願いします。

西尾維新

本書は書き下ろしです。

〈著者紹介〉
西尾維新（にしお・いしん）
1981年生まれ。2002年に『クビキリサイクル』で第23回メフィスト賞を受賞し、デビュー。同作に始まる「戯言シリーズ」、初のアニメ化作品となった『化物語』に始まる〈物語〉シリーズ、『掟上今日子の備忘録』に始まる「忘却探偵シリーズ」など、著書多数。

美《び》少《しょう》年《ねん》探《たん》偵《てい》団《だん》
きみだけに光《ひかり》かがやく暗黒星《あんこくせい》

2015年10月20日　第1刷発行　　定価はカバーに表示してあります

著者……………………西《にし》尾《お》維《い》新《しん》

発行者……………………鈴木　哲
発行所……………………株式会社 講談社
〒112-8001 東京都文京区音羽2-12-21
編集03-5395-3506
販売03-5395-5817
業務03-5395-3615

本文データ制作……………講談社デジタル製作部
印刷……………………凸版印刷株式会社
製本……………………株式会社若林製本工場
カバー印刷………………慶昌堂印刷株式会社
装丁フォーマット…………ムシカゴグラフィクス
本文フォーマット…………next door design

ISBN978-4-06-294001-6　N.D.C.913　258p　15cm

美少年シリーズ、始動！

予告

2015年12月刊行予定

シリーズ第2作

ぺてん師と空気男と美少年